楕円球この胸に抱いて

大磯東高校ラグビー部誌

さとうつかさ
SATO TSUKASA

幻冬舎MC

楕円球　この胸に抱いて

大磯東高校ラグビー部誌

装画：alma

目次

海辺の学校で

数段のコンクリートの階段を上がると、視界が一気に開けた。

相模湾が広がって、左手には遠く江の島が見える。正面は水平線上に伊豆大島がかすんでいて、右手は海水浴場の向こうに漁港の堤防。背後にはバイパスを行き過ぎるクルマの走行音がひっきりなしだ。

「広いねぇ！」

解放感に、思わずつぶやきがもれた。

傍らの男子生徒は無言でしゃがみ込み、ジョギングシューズの紐を結び直す。

「じゃあ、先生、行ってくる」

右頬にうっすらと笑みを浮かべながら、彼は佑子（ゆうこ）を見上げる。無言のまま頷くと、一段飛ばしで階段を駆け降り、彼は砂浜に足を踏み入れる。夏を迎える前の、穏やかな風の吹く海岸を、白いTシャツの背中が瞬く間に遠ざかって行った。彼は、県立大磯東高校ラグビー部の、たった一人の部員だ。

佑子はこの春、ようやく念願かなって県立高校の教員に正式採用され、大磯東高校に赴任した。大学を卒業してから三年間、臨時任用職員として境南（きょうなん）工科高校という実業系の高校に勤務した。歴史学科出身の社会科教員としては、ちょっと肩身の狭いところもなくはなかったけれど、同じ教科に頼りになる先輩女性教員もいて、その分仕事に夢中になった時期もあった。そのせいかどうか、採用試験に失敗することもあったけれど、意味のある三年間だったと思っている。

住まいとはちょっと距離のある大磯町の学校に配属されたのは意外だったけれど、最初の校長面接ではラグビー部の顧問を希望した。自分自身の高校時代にはラグビー部のマネージャーだったからだが、大磯東高校のラグビー部は、部員が一人だけになってしまっていることを、その時には知らなかった。

左手の、平塚との境界にもなっている花水（はなみず）川の河口までで引き返してきた部員の、新二年生の足立善彦（あだちよしひこ）くんは、横顔を見せて砂浜を走る。逆側の漁港の岸壁までを二往復するのが今日の練習メニューだ。ひと汗かいておくという感じだが、彼はこの後、体育館で筋力トレーニングに励む。たった一人のラグビー部。この追い詰められたような状況を、彼はその内面でどんな風に消化しようとしているんだろう。不安、という言葉だけでは言い表せない感情が、佑子の胸の内にこみあげてくる。後輩の新一年生にも声はかけたのだけれど、どうにもおとなしい生徒が多い大磯東高校だからなのか、入部希望者が集まらないまま新学期も一カ月が過ぎた。

防砂林に沿う歩道を進みながら、足立くんは無言のまま深呼吸を繰り返す。肩を並べて歩く佑子は、彼の真摯さや生真面目さを思う。新三年生にはラグビー部員がいない。足立くんはきっと、この春に卒業した先輩たちへの感謝や義理を感じながら、たった一人のラグビー部を続けている。最初に会った時の、照れくさそうな微笑みにどう応えてあげればいいのだろう、と苦みを伴った感情が胸をよぎることが日常になってしまっていた。

かつての、大人数を抱えていたラグビー部には、現在も部室が割り当てられている。数多くの部活動がある大磯東高なので、部室を明け渡せという声もあるのだと、異動した前任者からは聞いた。けれども、様々な練習用具も残されているために、かろうじて部室が確保されている。その部室内の壁面は、かつての部員たちによる下品な落書きに埋まっている。

その部室に戻ってきた時、部室前のベンチに男子生徒が二人、ぼんやりと座っていた。

「あれ、きみたち1Dの子だよね」

佑子が世界史の授業を担当している1年D組の生徒だった。

「和泉（いずみ）先生、こんちは」

人の気配を感じて顔を上げたのは保谷幹人（ほうやみきと）くん。ほっそりとした、背の高い子だ。その横で、やはり穏やかに微笑んでいるのは西崎要一（にしざきよういち）くんだった。背丈はないけれど、肩幅はがっしりした感じだ。

「あの、オレら」

保谷くんの視線が定まらず、口ごもるのは、きっと自分が一つのことに踏み出そうとしているからなんだ、と佑子には感じられた。だから、微笑みで、次の言葉を促した。授業中、ラグビーやってみようって思う人いない？　などともらすことがある。こんなこと言っていいのかな、という迷いもあるし、これまではかばかしい反応はなかったのだけれど。泳いでいた保谷くんの目が、空の方を向いて定まった。

「ラグビー、やってみようかな、って」

足立くんは無言のままで部室の鍵を開け、室内に飛び込んだ。

「スポーツの経験なんてないんだけど、できるかな、オレら」

保谷くんは、西崎くんの方に目をやりながら、つぶやくように言う。西崎くんは、なぜか無表情のまま保谷くんの言葉を聞いている。

「できるよ、やってみようっていう気持ちさえあれば」

佑子の中には、少しあたたかなものが兆す。あの、高校生だった頃の駆け抜けるような日々。毎日が目の前のことで精一杯だったけど、思い切り笑えたり泣いたりできた日々。

足立くんが、右腕に白い楕円球を抱えて出てくるなり言う。

「体操服に、着替えろよ、お前ら」

不敵ともいえる笑み。透きとおった眼差しと、その中にこもった決意と。

「やってみようかな、じゃなくてさ。やろうぜ、一緒に」

保谷くんは笑顔になる。西崎くんの表情はまだ硬い。保谷くんにとっては、きっと一カ月の逡巡が解けた瞬間なのだ。二人は部室で慌ただしく着替えて出てきた。三人でグラウンドに向かうその背中を見ていたら、不意に涙が出そうになった。

◆

水平線に向きあうとき、なぜか思い出される記憶がある。

吹きつけてきた初秋の風が、佑子の開襟シャツの襟をひらめかせ、前髪を揺らした。それだけのこと。でもそのことを思い出すと、何だか微笑みを浮かべずにいられない。

佑子は高校一年の文化祭で、有志バンドのフロントに立った。ラグビー部の同級生の一人から誘われてのものだったけれど、ステージに立つために、生まれて初めて髪にカラーリングをしたり、肩を露出させた衣装を身に着けてみたりした。そのことで母の逆鱗に触れたりもした。その、バンドの打ち上げでのことだ。

メンバーには、ラグビー部のメンバーとは大分タイプの違う、茶パツでピアスだらけの男子もいて、最初はちょっと怖かった。でも終わってみれば、仲間たちと一緒にいられる心地よさに浸っていた。練習場所だった小屋の入り口にいた佑子からは、ドラムセットの陰にいた基(もとい)の表情はよく見えなかった。今は佑子のパートナーだけれど、その頃はただのクラスメートであり、ティームメートだっただけだ。

脈絡もなく思い出す。葉山高校に入学した後、良い子でいなければいけないという中学時代までの呪縛から、どうやって自分を解き放てばいいんだろうと思っていた。薄暗い校舎の階段で声をかけてくれた先輩マネージャーの沢村ヒトミの笑顔。ラグビー部のマネージャーなんて、空想したこともなかったのに、そこに一歩を踏み出してみた自分。

文化祭の前には、小さな出来事があった。文化祭に浮かれる部のメンバーと、全国大会予選を前にしてラグビーにのめり込みたいキャプテンの間に浮かび上がった亀裂。考えてみれば可愛らしいトラブルではあったのだけれど、先輩たちの、真剣な言葉と涙を突きつけられて、佑子たちの代のメンバーは逆に結束を固めたのだった。

自分たちで決めて、そして無限に繰り返したタックル練習。佑子も、そのメンバーの間を泣きながら走り回った。辛かったからじゃない。嬉しかったのだ。

ラグビー部も、バンドも、絶対手を抜かない。真面目であるはずの自分を裏切るわけにいかないから、勉強やピアノのレッスンにも、やっぱりきっちり向き合った。その数週間は、毎日ベッドに入るなりスイッチを切るように眠りに落ちていたな、と今も思う。現実にはもっと大変なことが、それからも待ち受けていたけれど。

そして、佑子のシャツの襟を揺らした初秋の風とともに、矢印がラグビー部そのものに向いた気がする。仲間とともに前に進む。そんな毎日が、今もいとおしくてならない。その一歩一歩は、とっても小さくても。

同世代の、佑子を含めて十五人のメンバーは、今から思えばみんな、いつも目の前の課題にアップアップしていたんだと分かる。でも、仲間のために、って、みんな信じていたから、迷いもなかったんだ。そういう時を過ごせたことに、佑子は感謝している。

彼らは、グラウンドが使えない日にはジョギングで葉山公園の海岸に向かった。その後を追って、ボロい部活共用の自転車のカゴにメディカルバッグや給水用具を満載して佑子も走った。裸足になって砂浜を踏みしめ、楕円球を抱えて走る仲間たち。

なぜ、その時間を信じることができたのだろう。なぜ、無邪気で無防備な笑顔を浮かべることができたのだろう。でもそれは、とても幸福な瞬間でもあったのだ。

葉山の海岸からも、江の島や富士山が見えた。

今、大磯の海岸から江の島や富士山を見ている。

◆

大磯東高校は小さな学校だ。相模湾の広がりのほとりにあって、学校の正門が面している国道の、その向こうは岸壁を隔てて海岸になる。その海岸には日本初の海水浴場とされるビーチもあって、大磯町は古くからの保養地としての性格も持つ。町は北側を丘陵地に守られて、穏やかな環境に恵まれている。少しだけ小高い位置にある駅を降りると、歴代首相に愛された町、などというポスターもあり、何より東海道の宿場町という歴史を秘めた町でもある。

その町の、東側に大磯東高はある。旧制の女学校をその起源に持つ伝統校ではあるけれど、古びた校舎は海岸に平行して二棟あって、海側校舎と山側校舎と呼び習わしている。それぞれの最上階北側の廊下から丘陵を見上げると、湘南平の鉄塔が町を見下ろしているのが分かる。

　佑子は毎朝、大磯駅を出て坂道を下りながら相模湾を遠望する。住宅街を歩きながら学校に向かう道にもすぐ慣れた。ほとんどの生徒が進学を希望する、穏やかで静かな教室には、ゆるやかな、あるいは眠気を催すような空気が漂っている。

「和泉先生、いらっしゃいますか」

　南の窓から差し込む陽光が眩しい。中間試験を控えた昼休み、保谷くんと西崎くんが職員室にやって来た。二人の顔には、何だか抑えがたい微笑が浮かんでいる。

「どうしたの？」

　廊下に出てみると、二人の背後に三人の男子生徒がぎこちなく肩をすくめていた。

「こいつらも、ラグビー部に入れたいと思ってさ」

　保谷くんがその内の一人の肩をつかむ。三人とも、保谷くんたちと同じクラスの子で、当然佑子もその子たちを知っている。

「いや、オレ軽音に入ってるからムリって言ったんだけど」

　保谷くんに肩をつかまれた子は石宮(いしみや)くん。体を縮めるようにするけれど、尻ごみしながらもわざわざ職員室にまで同行してきたのだから。

「バンド、やってるの？」

佑子が問いかけると、こくりと、子どものように頷いた。

「メンバーの編成がうまくいかないって、言ってたじゃん」

保谷くんが言う。

「だったら人手不足のラグビー部に来いよって」

石宮圭太くんと、後の二人は澤田紳治くんと前田和くん。なごみ、と読む名前の通りの穏やかそうな笑顔で、1年D組の教室では最初に名前を覚えた子だ。三人とも軽音楽部に入ってバンドがやりたかったのに、他のメンバーとの間で楽器の編成や楽曲の好みが合わず、活動がスタートできずにいたらしい。

「あのね、私もバンドやってたんだよ」

佑子がそう言うと、三人ははっと顔を上げた。

「ラグビー部、やりながらね。三年生の時にはオリジナルまで作って文化祭で発表したんだよ。あれも、楽しかったな」

「和泉先生、パートは?」

石宮くんの目が、少し輝きを帯びる。

「ヴォーカルと、オリジナル作った時は作詞も担当したんだよ。ギタリストの子とキーボードの子が作曲してね」

「ラグビー部、やりながらですか?」

「だって、ベースとドラムは、やっぱりラグビー部だったんだもん」

そのドラマーが、実は現在の佑子の、私生活のパートナーなのだが。

「兼部だっていいじゃない。軽音の練習は毎日じゃないでしょ。ラグビー部に力を貸してくれるんなら大歓迎だよ」

佑子がそう言うと、三人が目を見交わしながら肩の力を抜いた。ラグビー部のメンバーが六人になった瞬間だった。

◆

狭いグラウンドは、多くの部員を抱えるサッカー部が優先的に使っている。ラグビー部に許されたスペースはほんの少しだ。けれども、学校の体操服に着替えた五人の一年生を従えた足立くんは、きちんと胸を張って楕円球を抱える。

五月も後半に入った。中間試験も終わり、一年生が加わってから六回目の練習だ。ラグビー未経験の一年生には、まず楕円球の扱いを教えなければいけないが、どうにも不安定な手つきのまま、むしろ彼らはボールに遊ばれている感じに見える。

「両手でボールの腹をつかむんだ。ワキを締めて両手の小指で押し出すようにパスして。フォロースルーの後で、パスの方向に指先が向いてるのが正解」

足立くんの説明に頷きながら、それでも五人のパスはぎこちなく、少しも正確には飛ばない。

ラグビーは前に向けてボールをパスしてはいけない。少年たちは横並びになってパスを繰り返すが、無理に左右に身体をひねってボールを送ろうとするものだから、コントロールがままならないのだ。彼らが広いグラウンドでラグビーをプレーするようになれば、これを走りながら行わなければならないわけで、焦れる足立くんの表情を見守りながら、佑子は何か変化を図る必要があると思った。

「足立くん」

呼びかけると、彼はハッとしたような表情で振り向く。

「龍城ケ丘（りゅうじょうがおか）高校って、近くだよね」

「平塚ですからね。歩いて行っても、うちの学校から十五分くらいですよ」

「龍城ケ丘のラグビー部って、今はどうなってるのかな。知らない？」

佑子の高校時代、県西の強豪の一つだった龍城ケ丘高校とは、ティームの節目になるような試合をやったことがあった。紺と白のボーダーのユニフォームが強大な壁に見えたような試合も、その壁を打ち破ってティームの将来を見通せたような試合も。

「ウチが廃部寸前だったから、最近はほとんど交流なかったし。オレも一緒にやったこと、ないです」

「連絡取ってみてもいいかな。どう思う？」

足立くんは、曖昧な笑みを見せるだけだ。まだ、他校と一緒に練習できる段階じゃないし、ということなのか。でも。

「ランパス、やらせてみてもいいですかね」

足立くんの視線は、ぎこちないパスを続ける一年生の方を向く。佑子は頷いてみせた。狭苦しいスペースでは大した距離を確保できないし、ダッシュすればすぐにテニスコートのフェンスが迫って来る。

「浜に行った方がいいかな」

足立くんに促されて、五人の一年生は手に手にボールを持って、少し明るい表情になる。スタンディングパスばかりでは、さすがに単調に過ぎる。

砂浜の解放感の中で、足立くんは五色のグラウンドマーカーを置いてゆく。少し考えながら、白、赤、青、緑、黄色、もう一度白。それぞれ二メートルほどの幅で置いて、さらに軽やかに走って五〇メートルほど離れた位置に、同じ順に並べる。佑子も砂に足を取られながら、部員たちの傍に歩み寄った。一年生たちにやるべきことを告げた足立くんは、不意に佑子に視線を合わせる。

「先生、ランパス、分かりますよね」

佑子は目だけで頷いた。

「これ、ノックオンやスローフォワードがあったら吹いてください」

レフリー用のホイッスル。ずいぶん年季が入った感じのそれは、すっかり赤い色がかすんでしまった紐に巻かれている。

白いマーカーの所に立ってボールを抱きしめている前田くんに、青いマーカーの所から足立くんが声をかける。

「なごみ、出ろ！」

前田くんは、少しなで肩だ。その肩を揺らして、いきなりダッシュした。砂地を駆ける。穏やかな丸顔やなごみという名前を裏切るような、凶暴ささえ感じさせるような、蹴立てる砂。後生大事なもののように抱えたボールはそのままだ。隣にいた保谷くんは置いていかれた。足立くんはさすがにそのダッシュを追ったが、西崎くんも石宮くんも澤田くんも、あっけに取られて立ち尽くすばかりだった。

「なごみ！　右っ！」

足立くんは大声で叫ぶ。佑子の立つ位置からは、二人の背中しか見えない。が、前田くんが抱きしめていたボールを持ちかえようとしたのは分かった。そのとたん、ボールは前方へと大きく弧を描く。砂の上に、バウンドもせずに落ちた。

佑子は慌ててホイッスルを吹く。ほどこうとする紐が手に絡まった。ノックオン。ボールを前に落とすと、レフリーの笛は鳴る。思わず強く吹いたせいで、大きく鋭い音が響き渡った。取り残されていた四人の一年生の目が、佑子の方を向いた。ジョギングのスピードで、二人はボールを受け渡しながら戻って来る。足立くんの頬は少し緩み、目には優しい光がたたえられている。

「なごみ、いきなりフルダッシュなんて、ムリだって」

前田くんの丸い顔が、照れくさそうに赤みを帯びている。

「それにしても、足、速えな」

それから六人は、繰り返し繰り返し、ゆっくりしたスピードでランパスを走った。何度もボールを落とし、前に投げ、一本としてノーミスのランはない。前に走り過ぎたり出遅れたり、パスに走りこむタイミングもばらばらだ。六人で走っているのに、パスを呼ぶ声を出しているのは足立くんだけだ。前にパスを出してはいけないのだから、後方からの声がなければパスの出しようがない。でも一年生たちは、パスの受け手を見もしないでボールを放り出したりしている。そして足立くんは、倦むでもなく、律儀に、走る。

いつのまにか、背後を走るバイパスの灯りが点っていた。日が長い五月。ずいぶん辛抱強く、単調な練習を重ねたものだ。

「ラストにしようか」

足立くんの声に、一年生たちは少しほっとした顔になった。六人が一緒にスタートを切った。最後だからと、スピードも上がった。そして、西崎くんがあっという間に遅れる。でも彼は、向かい側のマーカーまで律儀に走って、倍近い時間をかけてスタート地点まで戻って来た。最後は膝も上がらず、足を引きずるように。

「ずいぶん頑張ったね」

佑子の声に、足立くんは上気した顔で微笑む。

「ランパスなんて、久しぶりですから、ね。やっぱり、ボール持って走るのは楽しい。砂地は疲れるけど」

「今度は水分補給の準備もしなきゃ。部室に給水ボトル、あるでしょ」

「古いのが。きったないかも」

「学校に戻ってストレッチしましょう。一年生に指示出してくれる？」

一年生たちは海岸に下りてくる階段に並んで腰を下ろしている。中で、端に座った西崎くんだけは膝を抱え、顔を伏せていた。その姿に声をかけようとして、佑子は言葉をのみ込んだ。抱えた膝が、ぬれている。

「どうした、ヨーイチ」

佑子と入れかわるように、足立くんがその傍に寄って行った。

「お前、泣いてんの？」

足立くんの問いかけに、西崎くんは肩を震わせ、小さな声でつぶやいた。

何度も、何度も、「ついて、いけない」と。

一年生の全員が、スポーツに取り組んだ経験はないと言っていた。そして西崎くんは、走ることに自信がないのだと。悲しいくらいに足が遅いのだと。

十回にも満たない回数の練習で、もうあきらめちゃうんだろうか、と佑子の胸に不安が兆す。夕陽が波にきらめく中で、佑子も含めた六人は立ちすくんでただ彼を見つめることしかできない。挫折してしまうかもしれない、そんな仲間に、かける言葉が見つからないのだ。

ノロノロとした仕草で、西崎くんはやがて顔を上げた。誰とも目を合わせることなく、ようやく涙が乾いた瞳は、真っ直ぐに水平線に向いている。

「くやしい、から。ぼく、くやしいから。生まれて初めて、本気でくやしいって」

そこまで切れ切れに言って、不意に波打ち際に向かって走り出した。ぎこちないその走り方に似合わない大声を上げながら。つま先下がりになる砂の丘に足を取られ、もんどりうって転びながら、それでも立ち上がって、そのまま海に飛び込んだ。腰の深さまで波に埋もれながら、西崎くんは何度も海面を両手で叩き、大声で叫んだ。

恐れにも似た思いで駆け寄ろうとした佑子に、足立くんは小さな声で言う。

「先生、あいつは大丈夫だよ」

その声は、ひどく大人びて聞こえた。

◆

駅からの坂を下りて国道沿いのコンビニの前で信号待ちをしていたら、背後から声をかけられた。振り向くと西崎くんのぎこちない微笑み。太い眉毛が、八の字になっている。

「先生、昨日はすいませんでした」

佑子は微笑みを返しながら、彼のその笑顔に安堵する。

「ちょっと、びっくりしたけどね」

「はい、学校までの間、話させてもらって、いいですか」

そうは言っても、変わった信号に促されて国道を渡って、西崎くんは佑子の半歩後ろにいながら、うつむいて歩みを進めるだけだ。佑子は少しだけ歩く速さを緩めて時々彼を振り向いたものの、でもどうやって話したいことを引き出していいのか分からないままでいた。

道が海岸と平行になってバイパスと寄り添うようになり、歩道が少し広くなると、右手から潮の匂いの風を感じた。

「あの……」

小さな声に、佑子は足を止める。一歩を踏み出した西崎くんと、至近距離で向き合うような立ち位置になった。そのまん丸に見開かれた目に、何かが宿っていることが分かる。

「ぼく、先生にウソ言ってたんです。スポーツの経験なんてないって」

「何か、やってたの？」

「中一まで、柔道」

そのことを知っている保谷くんに誘われながら、ラグビー部の部室前で待っていたときにも、その後で練習に参加したときにも、保谷くんの付き添いのような気分だったし、自分が真剣にラグビーをやろうなどとは少しも思っていなかったと、訥々と言葉を連ねる。

気がついてみれば、通り過ぎる何人かの同僚教員と挨拶を交わしながら、サーフショップの前での立ち話になっていた。でも、西崎くんは、今の時間を必要としている。そう思った。

「なごみがダッシュしたとき、やっぱり、ぼく、勝てない、って思ったんですよ」

佑子は頷いて、笑みで次の言葉を促した。

「くやしい、って思いました。柔道やってた頃、そんなこと、思ったこともなかったけど。いつだって、練習だって試合だって、いつも早く終わらないかな、って、思ってました。痛いのも辛いのもヤだったし、負けることも、当り前だったし、負ければ、早く終われるし」

彼は、何度かつま先立ちして、その都度改めて強く踵を歩道に押しつける。

「でもね、でもそれじゃダメなんだって」

西崎くんは気弱なような、それでも何かを決意したような、不思議な笑顔を作った。

「昨日、足立先輩の背中が、そう、言ってたんです」

そこまで言って、ぺこりと頭を下げた西崎くんは学校に向かって走り出した。佑子は彼への言葉を持てなかった。彼は強い気持ちを自分の中に見出した。それは西崎くん自身のもので、自分が干渉できることじゃない。佑子はそう思いながら一直線の殺風景な歩道を遠ざかっていく背中を見送った。孤独な中で、でもラグビー部であろうとしてきた足立くんの、無言の強さを、彼は感じたんだろうか。

佑子は思う。ラグビー部の仲間と過ごした、何物にも代えがたい時間。その場を大きな度量で与えてくれたのは、顧問の山名(やまな)先生だった。いつでも穏やかな表情で、でも絶え間なく自分たちを守ってくれていたんだということに気づいたのは、卒業式を迎えた後のことだった。

なら、自分は先生と呼ばれながら、そんな風にあの子たちを支えてあげられるんだろうか。

佑子は小さくなる西崎くんの姿を見つめながら、さわやかな五月の海風の中にいた。負わなくてはいけない重さ、どこか快い重さを身体の奥底に感じながら。

◆

こそばゆそうな笑顔が、五人の一年生に広がる。放課後のグラウンドサイド。いつまでも体操服とジョギングシューズで練習していても、物足りなさは拭いがたい。電話で合同練習の相談をした龍城ケ丘高の顧問から紹介してもらって、横浜のラグビーショップに学校まで来てもらったのだ。その龍城ケ丘高の先生。ずいぶん若々しい声だったし、どこかで馴染んだ声のように思えたのだが。

部室にはかつてのユニフォームがあることはあるけれど、デザインにしても生地にしても、いかにも古臭い。大磯東のユニフォームをあつらえるのはまだ早いけれど、個々人の練習着やスパイクシューズをあつらえることにしたのだ。

そうしたフィッティングとともに、グラウンドから見える位置にある歯科医院にも、一年生部員がローテーションで通う手筈も整えた。プレーヤーだったわけではない佑子には実感はないのだが、ラグビーではマウスガードをしなくてはならないというルールがある。口腔内の怪我の防止とともに、強く奥歯を噛みしめることが、パフォーマンスを高めるということも聞いた。

それもこれも含めて、ラグビー部員としての装備を身にまとった一年生たちは、どこか晴れがましそうだ。背を伸ばし、決して分厚いとは言えない胸を張る。その胸にあるカンタベリーの、キウイのブランドマーク。日本代表の写真集が部室にあるせいだろう。そのマークを付けたジャージを着ることが、彼らにくすぐったくもラグビープレーヤーの仲間に入ったという気持ちを与えているのかもしれない。

「お前ら、ジャージ着たらプライドを持てよ」

足立くんは引き締めることを忘れない。微笑んでいるだけだった佑子まで、その言葉に背筋が伸びた。

プライド。高校時代、恩師の山名がことあるごとに部員に投げかけた言葉だった。その時はそれで、納得した言葉だったのだが、今思い返せば何を指しているのか、あまりにも漠然としていて、今、目の前にいる自分の生徒に、自信を持って口にはできない。そしてそれは、自分の立ち位置への自信のなさに直結している。

「ハロー！」

いきなり、聞き馴染んだお気楽な声に振り向くと、そこに基がいた。佑子のパートナーであり、一緒に暮らしている元同級生だ。永瀬（ながせ）基。現役時代は不器用きわまりない、でも激しいタックルを身上にしていたプレーヤーだった。あまりに果敢なタックルを繰り返すために、同級生が、モトそのうち死ぬんじゃねぇ、と言っていたことがあった。幸い死なずに、今は雑誌のお気楽な記事を書くライターをしている。

「何よ、いきなり」

「いや、伊豆方面の取材の帰りでさ。ユーコちゃんがビー部の顧問になったから、そのうち練習見てみたいって思ってたから」

「昨日にでも言ってくれてたらいいのに。それに、今日遅いって言ってたじゃん」

「色々早く進んじゃったからさ。バイパス降りたらまだ四時なんだもん。ちょうどいいかなって思ってさ」

佑子は、お気楽な基の態度に、少し苦笑い。

「それにしてもこのガッコ、入り口分かりにくいのな」

多分、休日の夕方などに渋滞を避けるクルマが住民の生活道路に入り込むのを防ぐためなのだろう、道路は時間帯によって細かく規制されている。

「何だか迷ってたらさ、女子の生徒さんが親切に道案内してくれたよ。あ、あの子」

生徒が利用することが多い北門、住宅街の方に向いた校門から、一年生の女子がグラウンドに出てくる。ショートカットの髪と短いスカートが軽やかだ。

「さっきはありがとね」

「永瀬さん、ちゃんと分かりました？」

佑子にとっては1年C組の教室で顔見知りの子だ。

「海老沼（えびぬま）さん、ありがとう」

佑子が微笑みを向けると、海老沼美由紀（みゆき）は満面の笑みを浮かべる。

「永瀬さんって、和泉先生の高校の同級生なんですって？」

「うん」

「ホントに、それだけ？」

いたずらっぽい笑顔で、佑子の顔を見上げる。実際、それだけではないから、つい視線を逸らしてしまうのだが。

「ねえ、和泉先生。先生はラグビー部のマネージャーやってたんですよね」

「そうよ」

「どこの高校？」

「葉山高校って、やっぱりこっちの子には馴染みないよね」

「永瀬さん、同級生だったんでしょ」

基は、一通り購入する品物を決め、そろって渡り廊下に腰かけてスパイクに紐を通している部員たちの方に視線をやっている。その横顔は、とけ崩れそうなほど嬉しそうだ。

「和泉先生、やっぱりマネージャーって必要なものなの？」

「私は、高校生の時、必要とされるようには頑張ったつもりだったけどね」

海老沼さんは急に視線を足元に向けて、グラウンドの土を左右にかきながら、つぶやくように言う。

「私、ラグビー部のマネージャー、やってもいいかな」

「何で、そう思ったの？」

自分のことが、やはり思い出される。どうしてその選択をしたのか、高校時代の自分も、何度も自分自身に問い直したものだった。佑子の場合は、その選択が正しかったと、今は言える。でも、男子の部活のマネージャーは、やっぱり苦労が多い割には日陰の存在にも思えるし。

「私ね、おせっかいな性格なんだよね。誰かの、お世話したいの」

海老沼さんは、はにかんだ笑顔を浮かべる。きっとそんな、単純な気持ちではないんだろうな、と佑子は思ったりもするのだが。

「頼んじゃおうかな。私と、二人マネージャーということで」

「いいですか？　なんだかのんびりしているうちに、サッカーも野球もバスケも、マネージャーさん決まっちゃってて。でもね、私、お父さんがラグビーやってたから、ラグビー部のマネさん、やりたかったんですよ」

目が輝く。

「頼むね」

佑子の言葉は、海老沼さんの笑顔を、とびっきりの笑顔にした。そして、横顔を見せる基にも声をかけた。

「モトくん。どうせならタックル教えてくれない？　せっかくヘッドキャップとかもそろったんだし」

足立くんが、佑子と基の顔を見比べながら、表情だけでこの人誰ですか？と訊いている。

佑子も部員たちの方に歩み寄りながら笑顔になった。

「私の、高校のティームメート。元フランカーだよ」

「永瀬って、いいます。よろしく。ハンドダミー、ある?」

部員たちは立ちあがりながらおずおずと頭を下げる。

佑子は足立くんと海老沼さんと一緒に部室に取って返す。足立くんはあちこちほころびも目立つハンドダミーを抱えて飛び出した。緊張した表情ながら、目に光が宿っているのが分かった。一方で、がさつに積み上げてある用具の中から給水ボトルを探し出した海老沼さんは、佑子と一緒に大急ぎで洗った。洗剤のボトルも埃だらけではあったが。どうしてそこにあるのかは分からなかったものの、部室に積み上げてあったスーパーの買い物かごに水を詰めた給水ボトルを二人で持って、砂浜に向かった部員たちを小走りで追った。

基はジーンズにポロシャツという格好のままで、右手にブルーのハンドダミーを持って部員たちに相対している。その表情といえば、嬉しくてしょうがないというほどにだらしなく見える。

「キャプテンは足立くんだろ。まず、お手本のタックルを見せてくれ」

そう言って、右足を半歩、踏み出した。

足立くんは、ヘッドキャップをかぶり直し、ぐっと顎を引き締める。まなじりを決して足を踏ん張り、短い距離を詰めた。確かに、コンタクトの瞬間には衝撃的な音が響いた。それでも基が退くことはなく、足立くんはそのまま砂の上に腹ばいになった。一年生たちは一様に目を丸くし、それを自分たちがやるのだということが、まだ信じられないという顔をしている。一瞬で表情を緩めた基が、ゆっくりとそんな一年生たちを見まわした。

「そんな顔、するなよ。クッション入ってるんだから痛くないさ。やってみようか」

シュラッグという首を引き締めて頭部を守る体勢、足の運びや背筋の姿勢の作り方、相手をバインドする時の腕や首の使い方など、いくつかのポイントを教えた後、基は保谷くんを指名した。背が高くて目立ったからだろうか。保谷くんは、さっき初めて袖を通したばかりの赤い練習着の、その裾をぐっと引き下げ、ほんの二メートルばかりの距離で基と対峙する。

ほぼ一歩の位置から、一年生たちは繰り返しダミーへのタックルを試みた。まだ初めてなのだ。あれこれの注意点を確認しながら、それでもひ弱なタックルがダミーの音に変わる。さすがに足立くんは少しずつサマになってきたけれど、彼にしたって対人のタックル練習は、二世代上の先輩が引退して以来のはずだ。

一度小休止して、みんなで給水した。梅雨前の海岸の湿気はそれなりの消耗を生んだ。海老沼さんは、なんだか嬉々としてボトルを配ったり回収したりする。マネージャーとしての初仕事だ。彼女は乱雑な部室内をきょろきょろと見まわしながら、鼻息も荒く整理整頓を誓っていた。佑子も部室内をきちんと見たのは初めてだったけれど、喉を傷めそうなくらいに埃っぽい。何より、壁の落書きを何とかしたいと思った。

「じゃあ、最後。少し強度を上げて、一人五本タックルしてみよう」

基はそう告げて、流木の枝で砂の上に線を引いた。そこから大股で五歩離れる。そして、もう一度ダミーを構えてポンと叩く。

「さあ、来い！」

足立くんは、何度挑んでも一歩も動かせない相手へのチャレンジの思いを横顔に漂わせて。一年生たちはおっかなびっくりの様子でダミーに向かって行く。

ただ、石宮くんだけは、青ざめた顔をして立ち尽くすばかりだった。

◆

茅ヶ崎駅南口のロータリーで基のクルマの助手席に乗り込んだ。さすがに学校から一緒に帰るのははばかられたから、相模川を渡ってから合流したのだ。運転席の基は、我慢できないというような笑みを浮かべている。

「楽しそうだったね」

「ん、楽しかった。ユーコちゃんが教職にこだわったのも、分かる」

「可愛いでしょ、生徒たち」

国道１３４号に行き当たって左折すると、前方から夕闇が迫って来ていた。行き交うクルマもライトを灯し始め、片側二車線の道路は、信号が変わるたびにずらりとブレーキランプが連なる。休日は渋滞が常の海沿いの道だが、平日の今日は流れがスムーズだ。

「あの、細っこい子、なごみくん？」

「前田くんっていうのよ」

「あの子、すごいね。細くても、バネがある。身体ができてきたら楽しみだな」

「足もすごく速いし」

「逆に、ヨーイチくんって子は、相当ビビってたけどね。接点で、必ず目ぇつぶるんだもん。あと、ケータくん、だっけ。最後は怖がっちゃってたよな」

「二人とも、普段はあんな顔、見せないんだけどね」

「オレも、一年の頃はコワかったさ」

「そういえば、タックル練習失敗して顔面血だらけになってたよね」

今も、その時の名残が基の右のこめかみにある。とうにちょっとしたシミになっているけれど。雨の日に強行した練習で、グラウンドに顔から突っ込んだのだ。

「そんなこと、あの子たちに言うなよな」

「余計怖がらせちゃうしね」

「じゃなくて、オレが恥ずかしいから」

その、薄く広く擦りむいた顔の手当をしたのは佑子だった。懸命に平気なふりをしていたつもりだったけれど、実はかなりビビっていたのだ。でも、至近距離で見つめ合ったのはあの時が初めてだったな、と少しくすぐったい。

「オレが恥ずかしい、なんて、またコーチしてくれるつもりだから？」

「部外者が出入りするのは、やっぱりマズいんじゃないのかな。今日は何も考えずに寄っちゃったけどさ」

「顧問の私がいれば大丈夫でしょ。他の部活でも、OB以外の人とかも、けっこう来てたりするよ」

基は少し黙りこんで、そして頷く。

佑子はコーチングについて、やはり不安を感じている。高校時代にはずっとラグビー部に寄り添う場所にいたし、ボールの扱いやルールについても一通り知ってはいる。試合ごとのスコアシートをつけるのも仕事だったから、ラグビーを見る目だってあるつもりだ。でも、プレーヤーだったわけじゃないし、身体をぶつけ合うことが前提のラグビーを、実践とともに教える自信はない。多分、ひょろりとした一年生でも、男子高校生のパワーを受け止めることなんてとても無理だ。もっとも、佑子がその覚悟を決めたとしても、彼らの方が尻ごみするに決まっている。

クルマは江の島を過ぎて右手に海を望むようになる。左手には江ノ電の線路。だいぶ暗くなって、海の向こうに連なる三浦半島も、もう見通せない。赤信号で停車すると、鎌倉高校前の駅に四両編成の電車が停まっている。

「バルちゃんの思い出の駅だね」

バルちゃんの本名は小野晴海（おのはるみ）という。基の仕事仲間だったのだが、いつの間にか佑子とも仲が良くなった。佑子たちと同年の、小柄な女性である。少し前、女どうし二人でランチした時、この駅のベンチでやっと一人の人間になれたんだ、と言っていたけれど、その後ろ側にある彼女の思いは、まだ佑子には分かり切れるものでもない。

　基は、ゆっくり笑顔を作る。

「またさ、練習見に行かせてくれよ」

　少し間をあけて、前を向いたままアクセルを踏み込む。

◆

　佑子と基との付き合いは長い。元々は葉山高校ラグビー部の部員とマネージャーだっただけだが、一緒にバンド活動もやった。どちらかというと堅実な佑子が現役で進学した大学に、高校時代にはまったく勉強しなかった基は一年遅れで入学した。合格した時には大声で「奇跡だぁ！」とわめいていたけれど、浪人中には驚異的な集中力を発揮したのだろう。目標を見定めて熱中すると強い。ラグビー部でもそうだった。おそらく、本人以上に、母校の先生方も奇跡だと思っていただろう。

　大学生の頃、いつの間にか付き合うようになったけれど、佑子としても、洗練とかオシャレとかがまったく似合わない基は、一緒にいても疲れない相手だったし、双方の両親も、その成り行きを受け入れてくれた。

　基は学生時代にアルバイトで入った雑誌の編集部にいつの間にか居つき、ライターの下働きのような仕事を始めた。佑子は専攻した西洋史学を生かしたい、と、県立高校の教職を目指したというわけだ。

ただし、と基の父親からは釘を刺されていた。片やフリーの立場であり、片や臨時任用職員では一人前とは言えまい、と。どちらかが定職に就くまでは結婚はダメだ。

そのくせ、基の父が昨年の春に定年退職を迎えると、義母までが仕事を辞めてしまって山梨県の北部に土地を買い、引っ越してしまった。

「畑借りて、作務衣着て、手打ち蕎麦の店でもやるのか？　それとも、オシャレなカフェにする？　うひゃー」

基はそんなセリフを吐いてにやにや笑っていたけれど、その時にあっさりと横須賀の住まいを基に譲った。二人が今住んでいるのは、その古くて広い家だ。ようやく佑子が、公務員というこれ以上ない堅い職業に就いたのだから、一応ハードルはなくなった。けれども、結婚という言葉は、二人のどちらからもまだ出ていない。

ゆっくり歩いて行こう

約束の土曜日の朝、平塚駅で待ち合わせた部員たちと、龍城ケ丘高校に向かった。平塚の町の海寄りの、住宅街の裏側に学校はあった。校庭のフェンスの外にはうっそうとした松林。梅雨にはまだ間がある時期だけれど、空はどんよりと曇っている。

練習開始予定よりも少し早く、さすがに男子生徒が着替える傍にはいられないから、しきりに遠慮する海老沼さんを手伝って給水ボトルを洗う。その背後から、張りのある声が響いた。どこか、懐かしさを感じさせる声。

振り向いたらそこに、山本(やまもと)先輩がいた。高校時代に、何度もコーチしてくれた葉山高ラグビー部のOBだ。

「ご足労いただいて、ありが、あ!」

さわやかな挨拶の言葉が、途中で止まる。山本先輩も佑子が見覚えある顔だと気づいたのだろう。佑子は佑子で、驚いて声も出ない。そう、高校生の頃聞いたことがあった。山本先輩はラグビーのコーチがしたくて教職を目指すのだということを。

「葉山高の、マネージャーさんだったよね」

「はい。あぁ、電話した時、どこかで聞いた声だと思ったんですけど、山本先輩だったなんて」

「世の中、狭いっていうか。ねぇ。めぐりめぐって隣どうしの学校に来るとはね」

「今年の新採用なんです。ウチの学校にもラグビー部あったんで、一生懸命一年生集めて。よろしくお願いします」

安堵感なのか懐かしさなのか、一瞬だけ涙腺が緩んだ。でも、ボトルを洗い終えた海老沼さんが佑子の隣に立って、山本先輩にぺこりと頭を下げた姿で、気が引き締まる。

「このグラウンドで、君たちの代が、まだ強豪だった頃のウチに大健闘したって、ガンのヤツが涙ぐんでたことがあってさ。そこにオレが赴任するなんて、これも縁、ってやつなのかな」

ガンさんは、山本先輩の同期で、やっぱり熱心にコーチしてくれた人だ。もちろん佑子もその場に一緒にいた。大健闘とはいっても、実はトライを一つ、取っただけだったのだが。

「ウチの二年生が、龍城ケ丘も人数が減っちゃったって、言ってましたけど」

「んー、今、どうにか十一人。今年の一年は三人しか入部しなかったから、単独でティーム作れなくなっちゃってさ」

そういえば、あの先生は？

佑子が思ったその瞬間、山本先輩の背後から大声が響く。

「大磯東さん、来たのかぁ！」

やはり、昔のままだ。花田(はなだ)先生という小柄な先生だけれど、龍城ケ丘ラグビー部を強豪に育て上げた名伯楽だ。とにかく部活中は生徒を叱り続ける人だった。試合の度に、葉山高のメンバーはその大声に微苦笑をもらしていたものだ。

頭はすっかり白くなったけれど、相変わらずの大きな声で、それでも佑子に丁寧な口調で話しかけてくれた。

「若い先生ですな。花田です。よろしくお願いします」

「あの、先生は覚えておられないと思いますが、私、葉山高校ラグビー部でマネージャーやってました。もう十年近く前になりますけど。和泉と申します。先生、懐かしいです」

あはは、と大口を開けて花田先生は笑った。思い出してくれたのか、ポンと手を打つ。

「あの頃の葉山さんは、強かったからなぁ。ウチも一度、やられたことがあった。ウン、覚えていますよ。この山本が葉山高出身と聞いてびっくりしたものですが」

練習着に着替えて、空気を入れたボールをそれぞれ手にした大磯東の部員たちがグラウンドにやって来た。真っ直ぐ前を向いているのは足立くんだけで、一年生たちは無表情のまま、目が泳いでいる。山本先輩がグラウンドに散っていた龍城ケ丘の部員たちに集合の声をかける。全員が白いジャージに身を包んだメンバーが、小走りに集まって来る。

「じゃあ、合同練習を始めよう。近くにあっても最近はあんまり交流がなかったけどな。これが第一回だ。龍城キャプテン、自己紹介と挨拶」

山本先輩が促すと、分厚い胸を反らして三年生のキャプテンが一歩を踏み出す。その声音や態度は、やはり堂々としたものだ。続いて、大磯東キャプテン、と、山本先輩の声を受けて、足立くんが前に出る。たった一人の二年生なのだから、キャプテンになるのは当然なのだけれど、基からキャプテンと呼ばれた日に、砂浜から学校に戻りながら、佑子に小さな声で訊いたのだ。

「オレなんかが、キャプテンでいいんですかね」

◆

佑子は案内されるがままに、グラウンドを見渡せるベンチに、花田先生と並んで腰かけた。

「私もね、定年退職を迎えながら、今もこうして嘱託顧問をさせていただける。幸せなことですよ」

がさつな大声で生徒を叱咤するイメージしかなかった花田先生は、静かな声で話し始めた。グラウンドの真ん中では、山本先輩と龍城ケ丘のキャプテンが指示を出しながらウォームアップ練習を進めている。赤い練習着の大磯東のメンバーは、それぞれが白いジャージの龍城ケ丘の上級生とペアを組んで、おそらくは最大級の緊張の中にいるのだろう。

「教員を引退するタイミングで、山本が来てくれてね。楽隠居かと思ってたら、またグラウンドに引きずり出されてしまった。あっはは、そうしてまた、ここにいるんだから、因果な性分なんでしょうな」

花田先生の視線は、それでも佑子の方を向かず、油断なく、という光を宿してグラウンドに注がれている。この先生を突き動かしている情熱って、一体どこから出てくるんだろう、と佑子は思わずにいられない。でも、生涯かけてそこに打ち込んできた人の、決して消えてゆくことのない熱を、花田先生の小さな身体の中に感じる。一緒にプレーしたり、あるいはぶつかり合ったりすることがなくても、きっと龍城ケ丘ラグビー部のメンバーは、花田先生と深いところでつながっているんだろう。だからこそ、この先生はグラウンドに足を運び、時に大きな声を出す。

「基本の基本が、大事なんです。私はね、新しい戦術や展開も勉強した。やってみたいことも、たくさんあった。でもね、ラグビーを始めたばかりの高校生に、奇をてらったやり方を落とし込んで、その場だけ勝つ、というようなことは教えたくなかったんだ」

練習は、葉山高ではヘッドダッシュと呼んでいた練習に移った。キックされたボールを四人のメンバーで追う。高く蹴りあげられたボールを、大磯東の一年生はキャッチすることができない。ボールのロストやノックオンが繰り返されるけれど、龍城ケ丘の上級生は丁寧にアドバイスしてくれる。心中では苛立ちもあるのかもしれない。けれど、誠実で辛抱強いこの姿勢は、花田先生が培ってきたものなのだ。

この先生から、もっと学びたい。佑子はそう思う。高校生の頃はただの口うるさいオジさんにしか見えなかったけれど、実直で、本心から生徒のことを思っているのだと、一対一で話を聞かせてもらって、初めてそう思う。

「私はね、生徒から好かれる教員じゃない。煙たがられて、怖がられて、それは分かってるんですよ。でも、いや、グチになるかな。あっはは」

そう言って、花田先生は改めて佑子の目を見る。

「あなたも、まだ若くて綺麗な先生だけど、あえてラグビー部の顧問をやってくれるんだ。頑張ってください。泥にまみれることもあるかもしれないが、いつも生徒の方を見ていようと思ってれば、あなたなりのやり方が見つかるでしょ。あなたや、山本を見ていると、羨ましくて、嬉しい」

佑子の胸の内には、あたたかなものが広がる。こんなにも正直でウラのない先生だったんだ。頷きながら話を聞いているだけだったけれど、今日のこの時間は、宝物だ。

足立くんが佑子の方に走って来る。フォワードとバックスが分かれて、それぞれのユニット練習になる区切れ目だった。

「先生、ウチはまだフォワードとバックス、分けてないんですけど、オレの判断でいいですか」

「どう分けるの？」

「オレはバックスなんですけど、あと、なごみと、シンちゃんはハンドリングがいいから。で、ヨーイチとミッキーとケータがフォワードって。いいですか」

「キャプテンでしょ。判断は任せる。今日は吸収する日だから、いっぱい失敗しておいで。

それで、いいと思う」

佑子は立ち上がりながら足立くんと目を合わせる。花田先生も立って、グラウンドに足を踏み出す。

「ようし、スクラムだな」

龍城ケ丘高には女子マネージャーがいない。一年生部員と海老沼さんが、給水ボトルを持って走り回っている。その水を口に含んだり頭からかぶったりしながら、部員たちは二つに分かれてユニット連習に向かった。

山本先輩の現役時代のポジションはスタンドオフだったから、バックスのメンバーを集めてレクチャーを始める。フォワードはグラウンドの隅にあるスクラムマシン周りに集合した。花田先生はそのフォワードの方にゆっくりと歩み寄る。

スクラムもラインアタックの練習も、本当に丁寧で緻密な指導だった。フォワードは姿勢の作り方や足の配置や角度、腕や首の使い方にいたるまで。バックスも、ポジショニングの時の足の置き方から走る方向、パスの質など。なぜそうしなくてはいけないのか、そうすることでどんな効果があるのか。

もちろん、一年生たちはどれをとっても十分なパフォーマンスなどできない。ただ、反復練習の中で、少しずつ個性を発揮し始める。長身ゆえにロックというポジションに当てはめられた保谷くんは、スクラムマシンを押すためにぐいぐいと足を踏ん張る。その前のプロップに置かれた西崎くんも、何度もヘッドキャップをかぶり直しながら、背中やお尻の位置を模索する。交替しながらスタンドオフに入った足立くんは、大声で指示を出しながらラインアタックの演出を試みていたし、澤田くんは決してハンドリングミスをしない。何より、前田くんは猛烈なスピードを何度も披露し、龍城ケ丘のメンバーを驚かせた。

「いいね。面白いね。大磯東の子たち」

二時間半ほどで練習を切り上げ、汗だくの顔で山本先輩は佑子に相対した。

「来月のセブンズは間に合わないけどさ、秋の大会で合同ティームでの出場、考えてみないか？」

当面の目標どころか、どうやって人数を増やすかしか考えていなかった。高校ラグビーの年間のスケジュールは承知していたつもりではあるけれど、地区が違えば相違点もあるし、指導者目線が足りなかったな、と、佑子は心の内で独りごちた。おそらく、足立くんはそうしたことも考えてはいたのだろうけれど。

「もし、一緒にやれるのなら嬉しいですけど、ウチの子たちが足を引っ張っちゃったら申し訳ないし」

「大丈夫。夏を越える頃には、あの子たちも成長してるさ。葉山高の同期の連中だってそうだっただろ」

山本先輩の笑顔には屈託がない。花田先生は目を閉じて頷いている。

「夏には一緒に合宿行こうよ。菅平」

話がどんどん進んでしまうのに、佑子は目まいがする思いだ。でも近い将来の、具体的な目標が次々に示される。それは快いことでもあった。細かいことはともかく、山本先輩に甘えてしまおう。そう思って丁寧に頭を下げた。

「よろしくお願いします」

◆

みんなで荷物を分担して、練習後は徒歩で学校に戻った。

「この部室、何とかしない？」

用具を雑然とした部室に戻しながら、佑子がそう言っても、足立くんが苦笑を浮かべるだけだ。一年生たちは消耗しきっていて表情もない。

「ミーティングして、今日はあがろうか」

足立くんの声で、六人が部室の前で輪になる。佑子は海老沼さんと一緒に足立くんの背後に立った。全員が一言ずつ、と感想を求められて、みんなが訥々と、本当に一言だけ感想を、とりあえず前向きではある感想を口にするだけだったが、その最後になった石宮くんは、しばしの沈黙の後、深いため息をもらした。

「コワかった、です」

あまりに正直な感想。だけど。

「コワくて、なんにも、できなかった」

練習の最後は、上級生が相手になってくれてのタックル練習だった。もちろん相当に強度を落として、ソフトな形での練習だったのだが、意を決して向かって行っても、彼はタックルの寸前で立ち止まってしまっていた。砂浜での青ざめた顔が再現されて、例えば開き直ったような西崎くんと違って、石宮くんは一歩が踏み出せない。

「ケータ。誰だってコワいんだ。慣れていこう」

足立くんは肩を落とす石宮くんに、それでも励ましの声を忘れない。

「いいキャプテンに、なるよね」

佑子が傍らの海老沼さんにささやくと、そう、もちろん足立くんの耳にも届くことを意識してだが、海老沼さんも柔らかく微笑む。口元にのぞく八重歯と、右頰のえくぼ。初夏の日差しの中の、キュートな眼差し。

みんなが散開して、職員室に向かおうとした佑子の傍に、石宮くんがそっと寄って来た。自信なげな、丸まった背中。彼がラグビー部に来てくれる前の、日常での教室の姿を、佑子は知っている。授業が始まる直前まで、石宮くんはクラスメートの真ん中にいて、常に笑顔の、ジョークを飛ばしたりするキャラクターなのだ。多分、ラグビー部の仲間以外は、ケータはお茶目なやつとしか思っていないだろう。

「先生、オレ、ダメかも」

少し前、西崎くんは、前田くんのスピードに打ちのめされて海に飛び込んだ。そんな風にブチ切れたりすることさえできずに、石宮くんは自分の弱さばかり見ている。

佑子が促すと、体育館横のボロボロのベンチに腰を下ろす。隣に寄り添いながら、何から話そうか、と、彼に今必要な言葉が、あるはずだ。

不意に、高校時代のティームメートのことが思い浮かんだ。いつでも必死に虚勢を張っていた彼ら。折れそうな気持ちを隠すことに精一杯だった彼ら。でも、だからこそ到達できた場所。

「この間来てくれた永瀬さん、いるじゃない」

うつむいた視線を動かすことなく、石宮くんは頷く。

「同級生だったから、よく知ってる。彼もね、最初のタックル練習の時、すごく怖がってた。ラグビー部に入ってからずっと、タックルってすげぇって言ってたから引っ込みがつかなかっただけで、ホントは怖くてしょうがなかったって、引退してから言ってたんだよ」

石宮くんは、少しだけ身じろぎする。

「私は、マネージャーだったから、自分でタックルしたことなんてない。だから、石宮くんがどうすればいいのか、正直言って分からない。でもね、私も学校の先生になるために、大学出てから三年も回り道したんだ。チャレンジしようって思ったおかげで、今、君たちとも出会えたんだ」

高校生にとって、三年間という年月は重みのある時間かもしれない。あの頃、確かに遠い未来のことなんて考えることさえできなかった。ただ、勇気がなければ何も変わらない。

「ね。落ち込む必要なんてない。石宮くんの、自分なりの一歩を踏み出してみれば、それでいいんじゃないかな」

「先生、怒らないんだね。頑張れって、言わないんだね」

「ん？　そう思った？」

「情けないぞ、って、言われるかと思ってた」

「そんなこと、言わないよ。だって」

「オレ、ムリだって思ってた。まだ今も、ムリって思ってる」

「そう、なんだ」

「人間にぶち当たるなんて、コワいじゃん」

奥歯を噛みしめている石宮くんに、少しためらいながら、佑子は言ってみた。その言葉が彼に、どう響くのかは、何の確信もない。

「いっそ、思い切ってタックル屋を目指してみるっていうのは？」

石宮くんの目がくるりと佑子の方に向き直る。今度は、ぽかんとあごの力が抜けて口が開いた。

「人間じゃなきゃ、思い切りできるかな」

高校時代、基たちはグラウンドの端にある松の木に体操用のマットを巻きつけてタックル練習をしていたことがあった。もちろん、松の木に勝てるはずもないから、姿勢や踏み込みの練習だったけれど。そのマットも、それをくくりつけるための柔道の帯も、無許可で体育倉庫から持ち出したのがバレて、大目玉を食らっていた。

石宮くんは小さく頷いて、そっと立ち上がる。彼の心に何が宿ったのかは分からない。でも、もううつむいてはいなかった。

◆

五十分間の授業が、もうすぐ終わる。今日も余裕もなく、生徒たちの笑顔もなく授業が終わってしまう。三階にある1年C組の教室の、南からの陽光が降り注ぐ窓際からは、海老沼さんの視線がずっと佑子を向いていたけれど、自分の授業の堅苦しさを何とかしたい、と、佑子は改めて思う。臨時任用で勤めていた学校は、活発な男子が多くてガチャガチャした雰囲気だったが、大磯東は生真面目で大人しいムードの中で、かえって淡々と、盛り上がりもなく授業が進んでしまう。試験まであと二週間。梅雨の晴れ間の一日だ。

チャイムとともに、ついうつむいてしまう。映像を見せるためのパソコンを閉じ、黒板に張ったマグネットスクリーンをはずしていると、至近距離で聞きなれた明るい声が聞こえる。

「ユーコセンセ。グッドニュース！」

最近は部員たちから「えびちゃん」と呼ばれるようになった海老沼さんが、嬉しくてしょうがないという顔で、佑子の傍に来ていた。くるりと振り向くと、右手をひらひらと振った。

最近ようやく、C組の生徒たちの顔と名前が一致するようになった。海老沼さんの合図でうつむきながら教卓の前までやって来たのは二人の男子。佐伯くんと寺島くんだ。二人は教室の真ん中あたりで席を並べている。

「二人とも、あたしと同じ中学でさ、そろって今の部活がうまくいかなくて。じゃあラグビーやんなよって誘ったの」

　海老沼さんは屈託ない笑顔でそう言う。佐伯淳くんは、ＳＦ小説のハードなファンで、部活は文芸部を選んだ。でも。

「みんなで女の子の、目玉ばっかりデカい女の子のイラスト描いてるだけでさ」

で、部活に出ることを止めてしまったらしい。帰宅部でのんびりしようと思ってはいたものの、放課後の時間をもて余し、運動でもしようかなと考えていたそうだ。授業中には静かな佇まいだが、一旦しゃべり始めると小柄な身体からポンポンと言葉がはじき出される。

「マンガだって嫌いなんじゃないですよ。でもね、オレ、ホシノユキノブさんのファンなんですよ。オタクっても、あいつらとは違う。少し古いですけど、ハインラインの『夏への扉』、何度読んでもいい。福島正実さんの訳もサイコー」

　正直言って、佑子には何のことか分からない。

　そんなやり取りを、ぼんやりと見つめている寺島夏樹くんは、立ち上がった体格はがっしりとしていて、教壇に立っている佑子との段差がありながら、頭の位置はむしろ高い。眼鏡の奥の落ち着いた眼差しに静かな光が宿る。中学時代はブラスバンドに入っていて、体格に似合ったバリトンサックスを担当していたという。それで選んだのが吹奏楽部。

「だけど、同期の吹部、人数少なくて活気がなくてさ。どーしよーかなーって言ってたから、一緒にどうだ、って」

本人ではなく、佐伯くんが事情を説明する。

「ね。グッドニュースでしょ、センセ」

海老沼さんは得意顔だ。

「ラグビー部に来てくれるのは大歓迎だけど、前の部活でもめないでよ」

佑子の心配に、佐伯くんはかえって顔をほころばせる。

「大丈夫。テラだって大丈夫。うん」

さっそくその日の放課後、二人は部活に顔を出した。相変わらずグラウンドの端っこの狭いスペースでの練習だけれど。でも、足立くんのテンションは明らかに高い。これで部員は八人。半年余りたった一人のラグビー部を続けていたのだから、それは嬉しいだろう。龍城ケ丘の山本先輩から提案された夏合宿への参加も、すでに学校の許可を取った。副校長はなぜかラグビー部に好意的で、何かと便宜を図ってくれる。

「マジ、面白れぇ。快感じゃん！」

佐伯くんは初めて手にした楕円球の感触を楽しんでいる。一年生たちのパスの技量も向上してきて、スタンディングパスならそれなりのスピードボールも投げられるようになった。澤田くんは足立くんから習ったスピンパスの練習を重ねている。それに興味を示した佐伯くんは、シンちゃんシンちゃんと、旧知の間柄のようになれなれしく寄って行く。

「オレにも、教えて。カッコいいじゃん」

ボールに添えた手でリリースの瞬間に回転を与えると、ボールは鋭い縦回転で矢のように飛んで行く。その勢いは、キャッチした手にも快い衝撃になる。佐伯くんはすぐにスピンパスのコツをつかんでしまった。

「先生、あいつ、天性のスクラムハーフかも」

足立くんは佑子と並んで立ちながら、嬉しそうにつぶやく。

「パス、上手だよね」

「それだけじゃなくて、しゃべりっぱなしでしょう。ああいう性格、向いてるんですよ」

「楽しみだね」

「秋の大会も、合同ティームではあっても出場チャンスが出てきましたからね。龍城の三年生からポジション取れるとも思えないけど」

「でも、大会を経験することだけでも、大切だよ」

足立くんは少しあごを上げて空を見上げる。

校舎の向こうの大磯丘陵の緑も色濃くなった。来春のセブンズの大会には、大磯東の単独ティームでエントリーもできるだろう。そのことが、足立くんに頼もしいキャプテンの風格を与え始めている。

◆

「だよね、あんた基本的にクソ真面目だもんね」

電話口で、恵（めぐみ）さんは言う。津島（つしま）恵。臨任時代の、境南工科高校での先輩だ。日本近世史の専門家で、社会科準備室でも論文を読んでいるという堅物でもあるけれど、口を開けば雑駁で、歯に衣を着せないところがある。なぜか佑子は彼女に気に入られ、指導、というより時に罵倒されながら鍛えられた。怖くもあるけれど、頼りになる先輩でもある。佑子が正採用になって大磯東に赴任するのと同時に転勤して、今は横浜の紅葉丘（もみじがおか）高校にいる。

単調になってしまう授業をどうしたらいいんだろう、と、グチを聞いてもらうつもりで電話した。やはりその声で、叱咤してもらいたかったのだろうか。メールを送ってデータで何かをもらって、というのは違う気がした。同居する基が何かの取材で九州に行ってしまった金曜の夜のことだ。

いつものように投げ出すような強い言葉の後ろ側で、食器を扱うかちゃかちゃした音とともに、くすくす笑う声が聞こえる。恵さんのパートナーの、ヒロさんだ。

「言葉を使う職業なんだから、言葉の使い方のプロを知っておいた方がいいと思うよ」

「落語、ですか？」

昨年、恵さんは一時期、三遊亭円朝という明治期の落語家の評伝を集中的に読んでいたことがある。

「明日、用事ある？」

「試験前なんで、部活はオフです」

品川駅の、京急線とJRの乗り換え口で待ち合わせた。駅ナカで昼食をあつらえようとして、佑子は何も考えずにシウマイ弁当を手にした。

「また、あんたは。せっかくお江戸に出るのに横浜引きずってンの？」

「だって、県民食じゃないですか」

こういう切り返し方をすると、恵さんの機嫌は良くなる。実際、シウマイだけじゃなくて、タケノコや杏も美味しい。でも強制的に却下され、二人そろって深川めしの駅弁にした。

上野の演芸場で午後を過ごした。次から次に登場する芸人さんたちのパフォーマンスに、佑子は引き込まれずにいられれなかった。大口を開けて笑い続けたけれど、笑いと涙の親和性に、ふと気づく一瞬もあったのだが。そんな佑子を横目で見ながら、恵さんは満足そうに微笑んでいる。

最後に登場した、大御所という感じの落語家は、かえって物静かな口調でゆっくりと話し始めた。夫婦別れをした父親と可愛い子どもの再会のストーリー。今度は鼻の奥につんつんと感情がこみ上げてきて、涙が止まらない。

ハッピーエンドとともに太鼓が鳴り、座布団を外して深々と頭を下げる落語家の前に緞帳が下りる。その姿がやけにカッコよく見えた。

「お寿司、食べに行こっか」

ずっと佑子を観察するようにしていた恵さんは、退場する観客の流れの中でそう言う。

響く太鼓の音が、名残惜しさを誘う。

寿司店のテーブルに向かい合って座ると、恵さんはものも言わずにグラスビールを一息で飲み干した。こんな飲み方するヒトじゃなかったんだけど、と思いながら佑子もグラスビールに口をつける。

「私らしくない、って、飲み方見ながら思ってたでしょ」

上目遣いに佑子を見ながら、恵さんはいたずらっぽく笑う。

「しゃべる職業に就いてるから余計に、落語聴くと打ちのめされるのよ」

ふう、と一息。

「落語家さんは、何年も何年も修業を積んであの域まで到達するの。現代の感覚とは違うシステムだけど、ユーコちゃん、どう思う?」

恵さんに鍛えられた三年間は、もしかして修業期間だった?

「私たちは、採用されたらそのまま先生って呼ばれる。授業聞いてない生徒に聞きなさい、って言うこともできる。どっちが正しいのかなって、考えちゃうこともあるよ」

特にそれらしく声を作っているわけでもないのに、子どもは子どもの、女性は女性のリアリティーが描かれていた。有無を言わせずに落語の世界に引きずり込まれていたのは確かなのに、それは快感だった。多分、それと知らなかったら街中ですれ違っても、ただのおじいさんなのだろうけれど、その言葉の力って、不思議だと思う。

ん?と、恵さんは、今度は無言で佑子の瞳を見つめる。その無言の問いに、佑子は気の利いた答えを用意できない。ただ笑い、ただ感動していただけだった。正解すればマルがもらえ、計何点というものではない問いが、やっぱりあるんだ。

「人間はね、話を聞くのが好きなの。そうやって、たくさんのことを伝え合ってきたの。ユーコちゃんだって小さい頃、昔話とか聞くの、好きだったんじゃない?」

二杯目のビールを、今度はちびりちびりと口に運びながら、恵さんは少ししんみりした口調になる。テーブルにやって来たお刺身がつやつやと美味しそうだけれど、さすがに箸は伸びない。

「今の学校の子たちは真剣だわ。文系の選択の授業なんて、みんな肩に力が入ってる。受験のことしか考えてない子も多いから、こっちもそれに応えなきゃって、思いはする。でもね、それだけじゃイヤなんだ。歴史は棒暗記の科目なんかじゃないって、ユーコちゃんだって分かってるよね」

それが分かっているから、歴史学科に進んだのだ。でも、そのことを伝える術を持ちきれないから、こんな風に時に自己嫌悪に陥る。名人と呼ばれる域には、とてもじゃないが近づくことすらできないだろう。でも、伝えるための何かは、例えばコンピューターの映し出す映像以上に、自分の中になければいけないのだ。そう、思う。多分それは、単なる技術ではない、と。

恵さんは、目を閉じて二杯目のビールを飲み干した。言いつのって言葉を重ねるのが嫌いなヒトなんだ。後は自分で考えなさい、と、その綺麗な喉のカーブが言っている気がする。

その顔が、寿司の盛り合わせが運ばれて来たら、急に穏やかになった。

「食べよっか。ちょっと、話題がカタくなっちゃったね」

漆黒のロングヘアと、形のいい眉。今は好物を口にして相好を崩している、その少し厚めの唇。同性の佑子から見ても魅力的な女性ではある。でも、恵さんはパートナーのヒロさんとの結婚を、まだしていない。ずいぶん長いこと一緒に生活しているはずだけど、どうするのかな、と佑子は顔を合わせる度に思うのだけれど。

「でさ、ユーコちゃん。カレとのこと、どうするの？」

テーブルの向こうで、恵さんは艶っぽく微笑む。

◆

「和泉先生、ちょっといいですか」

昼休みの職員室の机で、頬杖をついていた。恵さんに突きつけられたことに思いを巡らせていたのだが、答えになりそうなものは、見当もつかない。自分は何かを伝えることができているんだろうか。自分が立っている場所が、何かの勘違いの結果のようにも思えてくる。

そんなタイミングで声をかけられたものだから、ビクンと背筋が伸びた。

体育科の山田(やまだ)先生。同年輩の、サッカー部の先生だ。

「さっき、二年の授業の後で足立に相談されたんですけど、ラグビー部がグラウンドを広く使える日をくれないか、って」

「あ、足立くんが？」

山田先生は少しだけ微笑む。

「ラグビー部、活気出てきましたもんね。まぁ、ウチの部も人数多いんで、難しいんですけど、週イチくらいでどうでしょう」

「あ、それは。有り難いです」

さし当たって、月曜日のグラウンドをラグビー部の優先にする、という相談がまとまった。せっかくスパイクシューズを手にしても、砂浜では使いようがない。

さっそく山側校舎の二年生の教室に向かった。足立くんは自席に座って、左手に厚めの冊子、右手にスマホを持って真剣な表情だ。扉の所から呼びかけると、それを持ったまま廊下に出てくる。図書室で見つけたラグビーの理論書と、スマホの画面にはグラウンドで展開されているラグビーの動画。

「あいつらに、教えなくちゃいけないことが、たくさんありますからね。オレが、先輩に教わったことだけじゃ物足りないし」

「で、勉強してたんだ」

足立くんの表情には、したたかさが浮かぶ。

「月曜日を、ラグビー部優先にしてもらったよ。山田先生からお話があった」

「楽しみです。でも、和泉先生にも勉強してもらわなきゃ」

「頑張るけどさ、足立くん、定期試験も近いよ」

少しわくわくした気分もあるけれど、昼休みの終わりを告げる予鈴が響いた。もう一度足立くんと笑顔を交わし、職員室に向かう渡り廊下に出ると、女子生徒が二人、窓枠にもたれるようにして向かい合っている。こちらに顔を見せているのは海老沼さん。彼女が見上げるようにしている後ろ姿の子は、すらりとした背中に、ゆるくまとめている長い髪を輝かせている。

「和泉先生！」

海老沼さんの笑顔がこちらを向いた。

「E組の、末広桜子（すえひろさくらこ）ちゃん。今ね、一緒にマネさんやろうよって、誘ってるの」

末広さんは、佑子に向き直ってゆっくりと会釈した。E組の授業は担当していないので、初対面と言ってもいい。細面に、涼しげな目元。

「できるのかどうか、不安なんですけど。どうしようか、もう少し考えさせてって」

「大丈夫だよ。ね」

◆

今度は午後の授業の始業ベルだ。早く教室に行って、と言うしかなかった。

試験最終日は午前中で放課になる。これも山田先生からの提案で、半日日程の日は前後半で分けてグラウンドを利用することになり、後半の時間までの待ち時間に、ポジションやルールのレクチャーをすることになった。足立くんから頼まれて、部室前に集まった一年生に話すのは佑子だ。その背後で、海老沼さんと末広さんの二人が部室内から荷物を運び出している。もう、何もかも全部、という勢いで。

「とりあえず、まずポジションのことから話すね。フォワードとバックスは、この間の龍城ケ丘の時に分かってると思うけど」

目を輝かせている顔も、自信なげな表情も。その無言の顔たちを見まわしながら、佑子は言葉を継いだ。

「背番号順に、1番と3番がプロップ。支柱っていう意味で、最前列でスクラムを支える役目です」

西崎くんが、少し居心地悪そうに身じろぎする。

「で、その間の2番がフッカー。スクラムに入れられるボールを引っかけて、つまりフックして確保する役目。あと、ラインアウトのボール投入とか、フォワードのフロントファイブのまとめ役でもある。ん、その後ろの4番と5番がロック。スクラムや密集をがっちりロックするから。身体の大きな選手が向いてるの」

みんなの目線が保谷くんに向く。その保谷くんの目は、寺島くんの方を向いている。

「6番、7番、8番がバックローって言って、機動力が大事なポジション。6番と7番がフランカーって言って、タックルのスペシャリスト」

佑子の脳裏には、相手に向かってタカのような鋭さで向かって行ったモスグリーンのジャージが浮かぶ。もうあんな集中力を見せることも、最近はないけれど。

石宮くんが佑子の目を見つめる。試験期間中の毎日、彼が他のメンバーから隠れるようにしてタックルダミーに突き刺さっていたことを、佑子は知っている。グラウンドの隅の、普段は陸上部の投てきのメンバーが使っている砂場は、石宮くんのスパイクで掘り返されていた。彼の眼差しが、何だか力強い。

「ナンバーエイトと9番のスクラムハーフは、ティームの真ん中に位置するのね。8番はフォワードのリーダー。ハーフはバックスへのボールの供給役で、身体が大きくなくても素早さや判断力が大切です」

小柄な佐伯くんは、きょろきょろと周りのメンバーに目を向ける。

「スタンドオフはよく司令塔って言われる。ティームの指揮者だね。センターはパスとタックルの専門家。ウィングは大外にいて、トライゲッターになってほしいから、スピードが大事」

前田くんと澤田くんが、互いを見る。足立くんは、胡坐をかいているそのつま先をじっと見つめ、表情は動かない。

「最後の砦になるのがフルバックだけど、攻撃では色々なオプションでキープレーヤーになることも多いよ。で、バックスはみんな、キックの技術を持っていた方がいい。足立くん、こんなところでどうかな」

一年生全員が足立くんを見つめる。足立くんはしばしの沈黙の後、そっと目を上げて佑子の方を見た。穏やかさを湛えた眼差し。

「先生、ありがとうございます。みんな、イメージつかめたよな」

一年生も全員が頷いたり表情を緩めたりする。

「オレも、みんなのポジション色々考えたりしてるけど、お前たちだって、思うこともあるだろうし」

足立くんは静かにそう言って、ふと立ち上がる。つられたように全員が立った。

だって、と、足立くんは一瞬の間を置いた。

「夏が来るぞ。生まれ変わらなくちゃいけない。グラウンドに立ったら、みんなもっとしゃべれ」

「秋までに、龍城のメンバーからポジション奪わなくちゃいけないんだからな」

そう言って、自在ほうきを手にする。身をひるがえして、マネさんが空っぽにした部室に向かう。

「おーし！　リセットしようぜ」

それを追った保谷くんは、下腹に力を入れた、という表情だ。

「何とか、あと七人、集めようぜ！」

◆

見上げれば一面の青空。緑の芝があざやかだ。

七月末の、信州菅平。ラグビー夏合宿のメッカであり、標高一三〇〇メートルの高原は吹く風も涼しい。もっとも、宿のご主人は、今年は異常に暑いと言っていたのだけれど。

大磯東高ラグビー部のメンバーは、龍城ケ丘高とともにこの合宿に参加した。両校あわせて十九人の部員たちは、龍城ケ丘の紺と白のユニフォームを身に着けて開会式に臨んだ。各地のティームが集まり、トップ指導者のコーチを受ける。菅平ラグビーアカデミーというこの企画に参加したのは、山本先輩の考えによる。

大人数とは言えない合同ティームではあり、単独でキャンプを張る余裕はないけれど、仲間と一緒にラグビーのための数日を共に過ごすこと、そこに意義があるのだからと。何度か重ねた合同練習だけでは、分からないことも多いのだから。

その山本先輩は、花田先生と並んで生徒たちを見守っている。佑子は、海老沼さん、末広さんと一緒にメディカルケースや飲料水の支度を調える。夏休み前には、三人して講習会に参加してセーフティアシスタントの資格も取った。拡声器から聞こえてくる主催者の挨拶は、あたたかな励ましと期待感に満ちている。時々目を見交わすマネージャーさんの二人も、明るい笑顔でてきぱきと手を動かす。

末広さんも、海老沼さんから誘われた時の逡巡はすぐに捨てて、あっという間にティームに溶け込んだ。明るくて行動的な海老沼さんに比べて、彼女はとてもたおやかで優しげだ。決して口数は多くないのだけれど、やるべきことはキチンとやらないと気が済まないところがある。その意味では、とても頼りになるマネージャーさんだ。

整列がほどけると、指導してくれるコーチとの顔合わせになる。高原の日差しで真っ黒に日焼けしたコーチは、にこやかに全員と握手してくれた。佑子も山本先輩たちと一緒に挨拶を交わす。

「若い女性の先生ですか。いいですね。頑張ってください」

励ましの言葉をもらって、かえって緊張が増した。何をどう頑張ればいいのか、不安の方が大きい。

最初の試合、北陸のティームとの対戦では、龍城ケ丘の十一人が先発し、大磯東から四人を補充するメンバーとなった。1番プロップに西崎くん、5番ロックに保谷くんが、センターに足立くん、前田くんがウィングに起用された。ゲームキャプテンは龍城ケ丘のナンバーエイトの三年生が務める。

ワインレッドのユニフォーム、その相手ティームからのキックオフボールが舞い上がり、保谷くんの上空に飛ぶ。マイボール、と彼は叫んだけれど、目測を誤ったのだろう。後ずさりしながらボールに触れたが、キャッチには失敗する。幸いボールは後方に転がったから、ノックオンではない。

その瞬間、佑子は思わず、あぁ、と声をもらしてしまったのだけれど、それで逆に、ものすごい緊張感の中に自分がいたのだということに気づいた。自分の生徒を、試合に送り出したのはこれが初めてなのだ。

龍城ケ丘のキャプテンがこのボールを押さえ、力強いステップを踏んで前進する。ラッキーだったのかもしれないが、彼の前に立ちふさがったのは、多分経験の浅い、一年生の選手たちだったのだろう。タックルをはねのけながら、キャプテンはハーフウェイまで巻き返すことができた。自分の失敗を悔やむ間もなく、保谷くんは彼を追う。一歩一歩が、佑子の目からはひどくスローダウンして見えたのだが、客観的には一瞬のことだったのだと思う。ようやく相手のセンターとフルバックに絡みつかれて、キャプテンは後方を見た。倒されまいと踏ん張ったその視野の中心にいたのは、懸命な保谷くんだったに違いない。短いコールに応じてボールに飛び込んで行った保谷くんだが、モールという密集プレーを習ったのはつい先日の話だ。細かなミスと齟齬と。密集から素早くボールを出すことができない。

「あぁーっ！　押せぇミッキー！　押せぇ！　って！　ミッキーぃっ！」

海老沼さんが、目をまん丸に見開いて声を上げる。真っ赤な顔で、普段の可愛らしさとは似ても似つかないアルトの声で。握りしめた両手は、もうわなわなとふるえている。

レフリーの笛が短く鳴る。レフリーはきりりとした横顔を見せる、女性だ。走るたびにポニーテールが揺れ、ライムグリーンのレフリージャージが頼もしい。モールからボールを出せなければ、相手ボールのスクラムになる。

西崎くん、大丈夫だろうか。合同練習のときには、龍城ケ丘の先輩に相手してもらって、ずいぶん丹念にスクラムの練習を重ねてはいた。でも、真剣勝負のゲームのスクラムは初めてなのだ。

クラウチ、バインド、セット。バランスが崩れないように、レフリーは低い位置に身を屈めてスクラムを見つめている。相手のスクラムハーフが、ボールを手にする。

龍城ケ丘のバックローの三人、足立くんを含むバックス陣の、そこからのディフェンスは本当によく頑張った。誠実に前に飛び出し、何度もディフェンスラインに戻って飽きることなくタックルを繰り返す。ただ、ウィングに入った前田くんは、どこにいればいいのか分からなくなってしまったのだろう。足立くんの注意にも応えきれず、明らかに自信のない動きで右往左往している。

相手ティームは、真っ向からのラインアタックで突破できないもどかしさと、前田くんの混乱を見比べて、不意にキックを蹴ってきた。

「なごみっ！」

足立くんの叱咤が飛ぶ。おそらくは前田くんの背後を狙ったキックなのだろうが、慌てたためか、微妙に当たり損ねのキックだった。ボールの飛翔に力がない。

背番号11が、そのボールを妙な猫背の姿勢でキャッチする。ワインレッドのユニフォームが三人、前田くんの前に詰めてきた。でも、くっと視線を上げた前田くんは、いきなりトップスピードに乗る。相手をすり抜け、タッチライン際で急加速した。その走りは両ティームの足を止める。誰もがその背中を見送るばかりになった。

「なごみっ！　なごみっ！　なごみっ！」

後を追ったのは、そう叫びながらの海老沼さんだけだ。ただ、彼女はいきなり前のめりにコケた。両手に持っていた給水ボトルが派手に飛び散る。

前田くんはゴールラインまで走り切り、そこにボールを置いた。前田くんの背後でレフリーの笛。トライだ。

「えびちゃん、うるせぇよ」

ようやく立ち上がって給水ボトルを差し出す海老沼さんに、照れくさそうな顔をしながら前田くんは悪態をつく。それにしても、五〇メートル以上をフルダッシュした直後なのに、息を切らせてもいないとは。満面の笑みを浮かべる海老沼さんと一緒に戻って来る。そんな中、重たい給水ボトルをてきぱきとメンバーに配る末広さんの冷静さは、海老沼さんと好対照ではある。

「足立、大磯東のトライだ。お前がコンバージョン、蹴れ」

キャプテンの言葉に、足立くんは無言で頷く。

「なごみてめぇ、馬鹿か」

タッチライン際からの窮屈なポジションにボールをセットする足立くんを見ながら、佐伯くんからは罵声も飛んだ。

「真ん中にトライしねぇから、足立先輩のキックが苦しくなるじゃんか」

あぁ、そういえば、という前田くんの飄々とした顔の隣で、石宮くんは思い詰めたような表情でグラウンドを見据えている。

「ケータくん。やってみたいよね、タックル」

佑子が声をかけると、石宮くんは正面から佑子の目を見つめた。その目の中にあるのは、決意なのか恐怖心なのか。

緑のグラウンドは、山のゆるやかな斜面を切り開いた場所にあり、ベンチサイドの逆側は小高い土手になっている。その上には、動画を撮影するマネージャーさんや、ゲームを見守る人たちが少なからずいる。その中に、せわしなく移動しながらシャッターを切るカメラマンもいた。

試合はハーフタイムに入る。前半は前田くんのトライの5点のみ。足立くんのコンバージョンは不発に終わった。十九人のメンバーが山本先輩の周りに集合し、全員がその口元を注視する。

「後半は大磯東のゲームにする。それでいいな、足立」

おそらくは内心の不安もあるはずだけれど、足立くんは山本先輩への視線をずらさないまま力強く頷いた。

龍城ケ丘のフランカーがフッカーに回り、石宮くんがフランカー。ロックに寺島くん、前田くんの逆サイドのウィングに澤田くんが入る。スクラムハーフに佐伯くん。

龍城ケ丘三年のスタンドオフが足立くんの肩を抱いた。

「どうせなら、大磯東のハーフ団にしてみたらどうだ。足立、スタンに入れ」

マウスガードを含みながら、佐伯くんの表情が蒼白になる。さっきまで、前田くんに軽口をたたいていたくせに。

後半開始を促すレフリーの笛。フィフティーンが背中を見せてグラウンドに散って行く。

「よかった。終わってなかった」

額に汗の粒をたくさん浮かべた基が、背後に立っていた。両手にはぎっしりスポーツドリンクが詰まったレジ袋。

「バルちゃんも、来てるぜ」

土手の上で、身体に似合わないゴツいカメラを構えている小柄な女性を、基が指さす。

石宮くんは、必死になってタックルに行った。はね返され、グラウンドに腹ばいになり、苦痛に顔をゆがめてもすぐに表情を引き締めて。西崎くんはスクラムで、耐えに耐えた。後半から入って来た相手3番の大きな選手に対しても、頑張るんだと全身で言っているようだ。でも、走力のなさはどうしようもなく、自分の走るべきコースを見失う。保谷くんも寺島くんも、密集の中でもみくちゃにされ、消耗を重ねているのが目に見えて分かる。それでも、目の光は失われない。佐伯くんのパスは、どんどん混乱していった。そのパスを受けるべき足立くんの声も聞こえなくなってしまったのか、フォワードの頑張りで攻撃のチャンスをつかんでも、バックスラインは機能しない。澤田くんも前田くんも、ボールタッチのチャンスがほとんどなかった。

一つ、二つ、三つ、と、トライを失う。

「ヨーイチぃ！　ふんばれぇ！　テラぁ！　あーぁ！　ケータぁ！」

海老沼さんの絶叫の中、それでも大磯東の後退が続く。

山本先輩は、揺るがずにゲームを見つめている。花田先生は腕組みを解かず、その目の光は鋭い。

「ジューン！　そっちじゃなぁーいっ！」

佑子の隣でゲームを見つめている基の頬には、柔らかな笑みがあった。

「こういうもんだって。あの子たち、これからなんだから」

レフリーの笛が響いて、ゲームは終わる。引き揚げてくる部員たちは、それでもうなだれてはいなかった。一人一人を抱きしめたい、と佑子は思う。その瞬間、ティームが輝いて見えた。

「みんなで肩を並べて、ゆっくり歩いて行けばいいんだ」

基の小さなつぶやきは、それでも胸の奥に響く。

約束の場所

恵さんは、いたずらっぽい笑顔でワイングラスをもてあそんでいる。早い午後の夏の陽の中、ヒロさんは縁側から庭に下りて、基が育てている夏野菜、それも盛りを過ぎて少々くたびれた風情のミニトマトの収穫を、とてものんびりした仕草で楽しんでいる。

そのままごとめいた畑の端で育てていた枝豆は、今はキッチンの盛大な湯気の中だ。佑子も、フローリングの床の上で、恵さんが持って来てくれた白ワインをグラスに受けて、その色と香りを楽しみながら、まだ口にはしていない。

菅平から帰って来て数日、夏休みらしい夏休みを取っていなかった佑子は、恵さんからの誘いを受けた。何の目的もなく飲もうよ、と。でも高原の紫外線を浴び続けた肌の負担感もあって、外出はしたくなかった。なら、ウチ飲みにしようとの提案はヒロさんで、じゃあウチに来てくださいよ、という提案は基からだった。バルちゃんも呼んじゃいます？という佑子の提案には、恵さんが大喜びした。

◆

合宿から帰った翌日、用具の片づけついでに学校に集合し、合宿を頑張ったご褒美に、と、家庭科の調理室を借りて部内カレーパーティーを催した。佑子は年配の家庭科の先生に可愛がられていて、その微笑みに甘えることにした。その調理人を買って出たのが基だったのだ。巨大な鍋二つに作ったカレーと大量のご飯。それがぺろりとなくなった。黙々と、あるいは佐伯くんや石宮くんなどはせわしなくしゃべりながら、部員たちは楽しげに昼下がりの中庭で宴を楽しんでいたのだったが、その中に一人見慣れない生徒がいて、しかも彼は人一倍大盛りのご飯を頼もしいスピードで飲み下していた。顔立ちも体型も、丸っこい。

「いい食いっぷりだなぁ。でもきみ、合宿にいなかったよな」

基がそう声をかけると、口いっぱいにカレーを頬張った彼は目を白黒させた。代りに口を開いたのが保谷くんだった。

「円城寺(えんじょうじ)っていいます。えびちゃんばっかりスカウト頑張ってるから、オレも、って」

「ラグビー、一緒にやる？」

佑子が問いかけると、善良そうな細い目をさらに細めた。

「デカいのと、大食いしか能がないんですけど。円城寺照也(てるや)っていいます」

満面の笑みで、足立くんが握手を求めた。

「間違ってもテリーなんてかっこいい呼び方はするなよ。えんちゃんで十分だ」

保谷くんが高らかに彼を紹介すると、部員全員から拍手がわいた。

佑子は、基の指揮下で片づけを始める一年生部員たちの後ろ姿を見ながら、中庭のベンチで二人のマネージャーさんと向かい合っていた。いつも女子にお世話になってるだけじゃダメだ、と、基は一年生たちに叱咤の声を飛ばす。どうせ大雑把な片づけなんだろうから、後からのチェックも大変そうではあるけど。

「ユーコ先生、そういうことだったんですね」

海老沼さんはしたり顔で佑子に言う。何事にもてきぱきしている末広さんは食事だけはのんびりしていて、まだカレーのスプーンを持ってその横に座っている。小鳥がついばむようにジャガイモの端っこをかじっている口元が、ひどく可愛い。

「山本先生が本命なのかなって思ってたんですけど。永瀬さんなのね」

思わず目が泳いだけれど、合宿中の数日、目ざとい海老沼さんは佑子の挙動で察知したみたいだ。

「何で、分かったの?」

その一言で、白状してしまったも同然だ。

「だって、山本先生と話してる時は、生真面目な後輩っていう感じで、ユーコ先生、背筋伸びてるんだもん。でもね、永瀬さんには、うん、自然に甘えてる感じ」

「美由紀、鋭いねぇ」

恬然とした様子だった末広さんが、ふともらす。

「でも、山田先生、カワイソ」

「あ、サクラコも気づいてた？」

「なにそれ？」

「ユーコ先生、気づいてなかった？　それとも気づかないふり？」

「うん、グラウンドで、山田先生、ユーコ先生のこと目で追ってることよくあるんだよ」

　きみたちは練習中に何を観察してるんですか、と、動揺を悟られないようには言ってみたものの、この間の親切の裏側にはそんな思惑もあったのだろうか。

　合宿中、基もラグビーアカデミーのコーチの先生たちと一緒に、毎日グラウンドに顔を出し、夜は山本先輩と花田先生の部屋にもぐり込んでいた。最終クールの練習では半日石宮くんにつきっきりになっていたし、最後のゲームでも、石宮くんはタックルを決めることはできなかったが、その顔が精悍さを帯びたのは、あながち高原の日焼けのせいだけではないだろう。閉会式の後で、お世話になったコーチの先生の一人が、石宮くんの頭に手を置いて何事かをアドバイスしている姿があった。その二人が交わす笑顔は、石宮くんが新しい世界に踏み出した証明書のように見えた。

　基は、本当にこの生徒たちのことを可愛いと思っているようだ。来年度は基に正式に嘱託コーチになることを要請しようと、思った。

◆

基がローテーブルを据えて、その上に二枚の皿を載せた。一つは盛大に湯気を上げる枝豆。皮がこすれていたりで見てくれは悪いけれど、もぎたてで、甘い匂いを漂わせている。もう一枚には山のようにタテ割りの胡瓜が載っている。これも庭の産物で、大きさは不ぞろいだし曲がったりもしているけれど、鮮度といえばこれ以上はない。手に取ればぼつぼつが痛いくらいだ。添えられたディップは二つあって、一つは裏ごしした梅干しにこれでもかという分量のかつお節を合わせて叩いたもの。もう一つはネギ味噌なのだけれど、この味噌は菅平合宿でお世話になった宿の、おばあちゃんの手前味噌なのだ。ものすごく滋味深い味で、味噌汁の一口で涙ぐみそうになるほど美味い。

基の用意するものって、いつもこんな調子なのだ。がさつで、まったく配慮を感じない一皿なのに、なんだか納得させられたり引きつけられたりする。その基が庭に声をかける。

「ヒロさん、来てくださいよ」

ボウルに鮮やかな赤い玉を盛って、ヒロさんが縁側から上がって来る。基が手渡したグラスは、ビールの景品のコップだったけれど、ヒロさんは細長い指を優雅に動かして、受けたワインを口に含んだ。目尻が下がって、嬉しそうな顔になる。

そこで、玄関のチャイムが鳴った。ごめんください、という、控えめな、可憐と言ってもいい声。どうせ開けっ放しの玄関なのに、バルちゃんはいつでも律儀だ。両手に抱えた大きなエコバッグを下ろしもしないで、全員に会釈してからキッチンに入る。

彼女は、基の仕事に関わるフォトグラファーとして知り合った。同じ年齢であることもあってすぐに親しくなった、つもりではあったのだが、実はバルちゃんは、複雑な心を抱えるヒトでもあった。佑子と本当に打ち解けたのは、恵さんのパートナーであるヒロさんがバルちゃんの高校時代の恩師であったことが分かってからだ。細くて小柄で、気弱な笑顔を浮かべる彼女のパートナーは、常にいかつい雰囲気のカメラでもある。そのギャップはさらに、その作品にも浮かび上がる。まだめったにメジャーな仕事ができるわけではないのだけれど、その作品は、いつも被写体に優しく寄り添っている。

基と一緒に生活するようになってから、佑子は包丁を持ったことがない。料理を、やらせてもらえないのだ。そしてその基が、全幅の信頼を置いているのが彼女の料理なのだ。

これで、間を持たせてくださいね、と、さっそく、バルちゃんがテーブルにひと皿を出してくれる。自宅で用意してきてくれたのだ。

「スモークサーモンのマリネ、です」

マリネされて半透明になった玉ねぎのスライスの上に、つややかなピンクのサーモンが重なっている。散らされたケッパーの粒とスタッフドオリーブ、黒胡椒のインパクト、パセリのみじん切りのきりっとした緑が、フォークを持った恵さんの笑顔を引き出した。

照れくさそうに身を引くバルちゃん以外の全員が、身を乗り出したのが可笑しい。

「基くん、その量を一気にっていうのは紳士的じゃないぞ」

サーモンとケッパーを集中的に重ねて口に運ぼうとした基を、ヒロさんがたしなめる。

決して他人に否定的なことを言わないヒロさんだけれど、こういう場合は例外なのだろう。

「ワインに、んふふ。ねぇ」

恵さんのその笑い方は、満足と期待のしるしなのだと、佑子はよく知っている。

次の二枚の皿は、全員の無言の称賛の視線で迎えられた。一つはアスパラガスのみのシンプルな一品。控えめな焦げ目が付き、うっすらと塩がまぶされている。もう一品は肉厚のパプリカをバルサミコでマリネしたものだ。表皮を黒焦げにして、柔らかな果肉のみにしている。赤、黄色、オレンジの対比が鮮やかで、添えられたイタリアンパセリが輝いている。肝心のバルちゃんは、微笑とともにキッチンに引っ込んでしまうのだが。

ヒロさんは、手づかみでアスパラを頭からかじっている。確かに、その食べ方は美味しそうだ。

「カプレーゼ、です」

オリーブオイルを下敷きにして、トマトとモッツァレラチーズが、本当に繊細な厚さに切り分けられて並んでいる。中心に、多めにあしらわれたスウィートバジルがあって、佑子はこのひと皿を見て、微笑み、というのはこういうことなんだ、と思った。

「お好みもあるので、塩胡椒は各自でお願いしますね」

バルちゃんは、沖縄の海塩と黒胡椒のスクイーズボトルを添えていく。

「ねぇ、一緒に食べようよ」

少し気づかわしげに、恵さんが声をかけると、バルちゃんは振り向きながら、例えようもないような優しい笑みをもらすのだ。

「アクアパッツァ、作ってみました」

バルちゃんが続いて捧げ持って来た大皿では、立派なスズキが湯気を上げていた。肉厚のアサリと、トマトの清らかな赤。

「魚屋さんでいいスズキを見つけたんで、チャレンジしたんですけど。あ、トマトは基さんのトマトを、グリルして使ってみました。ドライトマトよりフレッシュな方がいいかな、って」

「基くん」

ヒロさんが口を開いた。基は思い切り大量のパプリカを口にしていて、目をまん丸にしている。

「取り皿用意して、取り分けてよ。あと、これ」

ヒロさんはいたずら小僧めいた笑顔で、引き寄せたバッグから一本のビンを取り出した。

「とっておきの、クース」

佑子が食器棚に立って、人数分の皿と琉球ガラスのショットグラスを運んだ。佑子は泡盛が好きじゃないし、恵さんだってそうだ。でもヒロさんと基は、沖縄の味に目がない。どうせ要るだろうと、アイスペールにも氷を詰め込んだ。その背後で、もうもうと上がる湯気の中、バルちゃんはパスタを茹で上げる。明らかにイタリアンなメニューなのに、何で泡盛なのかな。

「舞茸の、オイルソースのパスタを、わざとアルデンテの一歩手前にしてみました。ニンニクとバターの風味で、隠し味はお醤油です」

バルちゃんは、トングとともに大皿を置くと、ようやく自分も恵さんの隣に座った。入れ替わりに、とっくに空っぽになっていた皿を佑子がキッチンに運ぶ。

どんな言動も細やかには見えない基なのだが、バルちゃんの分をそれなりに綺麗に盛りつけて取ってあるのはさすがだ。キッチンから取って返すと、佑子の分も取り分けてくれてあった。トッピングの、かぼちゃの皮の素揚げのグリーンが美しい。もはや基は、無表情で、多分わざと大ぶりのままにした舞茸を口に運ぶ。佑子も、香りの高さにうっとりするのだが、恵さんは自分をじらすようにワイングラスを、またもゆらゆらと。

「バルちゃん。あんたすごいねぇ。芽が出るかどうか分かんないカメラより、いっそレストラン出したら」

考えようによってはものすごく失礼な讃辞だが、何だか恵さんが言うと説得力がある。そして、ヒロさんが差し出したワイングラスを手で制して、バルちゃんはうつむくのだ。

「もう一品、あるので」

最後の一皿は、かぼちゃのニョッキだった。クリームソースの中に、親指の頭くらいの愛らしいニョッキが並ぶ。甘やかな優しい香りが五人を包んで、誰も言葉を失って微笑む。

「時間がかかるんで、下ごしらえは基さんにしてもらったんですけどね」

胡瓜のディップを作るのに、ずいぶん時間かけてるなぁと、昨晩は思ったのだけれど、そういうことだったのか。佑子は頼りないほどの弾力のニョッキを口に含んで、舌と上あごでつぶしてみた。クリームソースの内側からにじみ出すかぼちゃの甘味が、何だか照れているような表情で口の中に広がる。美味しい、というより、嬉しい、という気持ちでいっぱいになった。バルちゃんの心が、自分の一番柔らかい所を撫でてくれている。

◆

デザートは、大磯東高の近くの三日月っていうパウンドケーキ屋さんで用意してきた。姉妹お二人で手作りしている、やさしい味のお菓子なのだ。佑子は焼き上がった端っこの、焼き締まりのある部分を偏愛している。恵さんは、ふむふむと頷きながら味わっている。素直に美味しいって言わないあたりが恵さんなのだけれど。

流しの片づけをざっと済ませた佑子が戻ると、ようやくワイングラスを手にしたバルちゃんが、恵さんと一緒にゆらゆらしている。空になったワインのボトルが二本。三本目っていうのは、ちょっと。

カッコつけてるけど、恵さんはそんなにアルコールに強くない。逆に、一緒にお酒を飲んだことも少なくないけれど、佑子はバルちゃんが酔ったところを見たことがない。普段より饒舌になって、言葉の語尾が少しだらしない感じになるだけだ。

「お肉使わなかったの、基さんにはモノ足りなかったかもぉ、ですよねぇ」

少しうるんだ目つきで、バルちゃんは佑子の方を見る。恵さんは本棚に背中を預けて、うっとりした顔で口を閉ざした。

「美味しかったし、お肉がないっていっても、十分すぎるほどだよ。バルちゃん、すごいな、やっぱり」

「チキンとか、ステーキとかも考えたんですよぉ。でもね、ステーキって、何だか男の子じゃないですかぁ」

この場にいるオトコノコである基とヒロさんは、まだ庭を眺めながら泡盛のオンザロックをやり取りしている。あの二人が話しているのは、どうせ古いジャズやロックのことだ。

「やっぱりまだ、考えちゃうんだね」

「ヒトを好きになっちゃいけない、楽しんじゃいけない、自分のことを優先しちゃいけない。あはぁ。そんなのつまんないじゃない、って、理屈はね、んふぅ」

バルちゃんは、グラスのワインをすうっと口に入れる。少しだけ上げたあごから喉のラインが、何だか眩しい。

「沙織(さおり)みたいにシンプルに考えればいいんだって、やっと気づいたのが高校生の頃。でもやっぱり、引きずっちゃうんですよねぇ」

つるんとした丸い頬が、うっすらと赤みを帯びている。そのバルちゃんの横顔がとても綺麗だと、佑子は思うのだ。

「最近、聞かなくなった言葉ですけど、あの頃、アダルトチルドレンとか、そんな言い方も流行ったじゃないですかぁ。自分がそうなのかもな、って思った時、少しだけ楽になれたんですけどね」

　彼女が幼い頃に亡くなったお父さんと、シングルマザーという立場のお母さん。そのお母さんを、未だにバルちゃんは「ママ」と呼ぶ。

「ママはまだ元気に働いてるし、私が不安定なお仕事していられるのもママのおかげだし」

　んふふ、と笑みを浮かべながら、バルちゃんは上目遣いに佑子を見つめた。

「沙織は、私を解放してくれたんですよ。本人は多分、なぁんにも考えてなかったんですけどね。保育士さんになって、緒方（おがた）くんが就職したらあっという間にお嫁さんになって。もうすぐママになるんですよ。ホントに強い子なんだと、思いますよ」

　沙織さんと緒方さんは、バルちゃんの望洋（ぼうよう）高校での同級生だ。つまりはヒロさんの教え子でもある。二人とも、まだ会ったことはないけれど、バルちゃんと話しているとよく名前が出てくる。望洋高校ラグビー部初代キャプテンの緒方くんは、多分基とも話が合うんじゃないかな。

「バルちゃん、さ。ストレートに言ってもいいかな。いつも自分のコンプレックスのこと言うけどさ。バルちゃんの周りにいる人たちって、何でそんなに魅力的なのかな、って私、思うよ」

「ユーコちゃんと知り合えたのも、だよねぇ」

「切り返して、ごまかそうとしてるでしょ」

多分、ワインを口にしていなかったら、バルちゃんは口を閉ざしてうつむいてしまうシチュエーション。でも、うっすらとした酔いだけじゃなくて、自分の料理がみんなに満足を与えた実感が、今の彼女に小さな自信を灯らせている。

「菅平にはね、大磯東の写真や、頑張ってるユーコさんの写真、撮りに行っただけじゃないの。女子のセブンズの大会や、女性の公認レフリーや、頑張ってる女の人、写したいから行ったのよ。でもね」

んふふ、ともう一度柔らかな笑顔。

「宿のおばあちゃん。お昼に畑から帰って来たおばあちゃんの、何気ない仕草と笑顔、おばあちゃんが作ったお味噌。とてもかなわない、って、思ったのよ。ちいちゃなおばあちゃんだけど、すごく大きいって、思ったのぉ。そうじゃなぁい？　ユーコちゃん」

佑子も深く頷く。

こんな話をバルちゃんとできたのは、この夏の午後の最大の収穫だったかもしれない。

◆

県西部、西相地区というのだけれど、その高校ラグビーの情勢は、ちょっと複雑だ。平塚市内の龍城ケ丘と小田原の酒匂(さかわ)商工、この二校には佑子たちの代の葉山高校は苦杯を味わった。何より、二度にわたって花園で全国を制した西湘(せいしょう)工業高校は、圧倒的な存在感を県高校ラグビーにもたらしていた。ただ、酒匂商工も西湘工も、今はない。県の高校再編で、両校は合併して、現在は県西産業総合高校という学校になり、西湘工を全国一に導いた監督の先生もしばらく前に定年退職を迎えた。その他にも、部員不足で廃部になった学校もあって、現在の西相地区を構成するラグビー部は、県西産業、龍城ケ丘、大磯東の県立勢と私立の相模学院の四校となっている。

秋口の地区大会は、県西産業と相模学院、それに龍城ケ丘と大磯東の合同ティームで行われることになった。とは言っても、それなりに合同練習を重ねてきたとはいえ、大磯東の一年生たちを動員しなくてはならない合同ティームは、どうしても見劣りする。三ティームでの総当たり戦では、二戦そろって大敗した。でも、佑子にとって救いになるのは、めげない気持ちを発揮し続ける生徒たちだ。中でも、足立くんは花田先生や山本先輩の信頼を勝ち取って、二試合ともスタンドオフを務めた。もう、半年前のはにかんだ笑顔はどこにもない。

九月の半ば。大磯東高にとっては年度最後の大きな生徒会行事がある。東西対抗戦、と言うのだけれど、大磯にはもう一つ、大磯西高校という学校があり、こちらは有名なリゾート施設を見下ろす丘の上にある。この二校が、秋の一日を町営の運動公園で、合同で一種の体育祭を催すのだ。

一応陸上競技をメインにした施設なので、陸上記録会のような意味合いもあるのだが、両校とも三学年を三つずつのブロックに分けて、合計六ブロックでの対抗戦という体裁を取っている。総じておとなしめの東高に比べ、西高はサッカーやバスケ、硬式テニスなど、県でも上位に食い込む部活を抱えていて、毎年、勝負にならない、と言われていたらしい。

けれども、異変が起こったのは最後を飾る男子のリレーだった。

なぜか赤組が優勝カラーというイメージを、生徒たちは持っている。ブロックのカラーは両校の生徒会役員がくじ引きで決めるのだけれど、今年は東高が、ピンク、緑、黄色という不人気カラーを引いてしまった。その、ピンク組という軟弱なイメージのブロックに、ラグビー部の一年生が固まって所属していた。

お約束の先生種目のリレーでは、若い女性が少ないせいもあって、佑子は有無を言うこともできずに出場させられたのだったが、同走順の女性走者が軒並みベテランの先生方だったせいもあって、三人も抜いてしまった。そんなつもりはなかったのだけれど、ゴール付近ではラグビー部の一年生が大歓声で迎えてくれた。正直言って、嬉しかったのだけれど。

ラストの男子リレー。珍しく飛び出した東高の緑組が優勢にリレーを引っ張った。西高各カラーのバトンミスもあって、アンカーにバトンが渡ったとき、明らかなリードを取っていたのだ。やや遅れてバトンを受けたピンク組のアンカーは、前田くんだった。

もぎ取るようにバトンを奪った前田くんは、瞬時にトップスピードに乗った。その無表情は揺るぎもせず、緑組のアンカーに迫る。四〇〇メートルを走り切る寸前、とうとう前のランナーをかわしてゴールテープを切った。

「マジ、なごみすげぇ」

いずれにしても、東高がワンツーを決めたわけで、東高サイドが大いに盛り上がったのは言うまでもないが、ゴール直前で前田くんに差された二年生の子は、燃えるような目で前田くんの背中を見つめていた。

その子が、佑子の所にやって来たのは、翌日のことだった。

「先生、マジ、むかついてるんッスけど、あの、なごみって何者?」

「何者って、ラグビー部員だよ。すごいでしょ、あの走り」

「オレさ、ここんとこ何んもやってなかったからなまっちゃってたかもしんねえけどさ。負けたままはヤなんだよね」

佑子はすっとぼけることに決めた。

「じゃあ、どうするの?」

「オレに、ラグビーやらせろよ」

「二年生だよね、名前は?」

「カザマ。風間(かざま)勇気(ゆうき)。なごみに、待ってろって言っといてよ」

翌日の練習の時、サッカー部の方から怒鳴り声が響いてきた。活動の始まりに遅れてきたのは、佑子もサッカー部の山田先生も同じだ。臨時で会議が入って遅れてしまったのはどうしようもない。ただ、ラグビー部は足立くんのリーダーシップで、狭い場所でもそれなりの活動を開始していたのだ。一方のサッカー部は、何だか締まりのないボールの蹴り合いを漫然とやっていたらしい。そこに、山田先生のカミナリが落ちた。

「もうさ、支配されるのヤなワケ」

彼は足立くんに言ったのだ。

「ビー部はいいよな。優しい先生が面倒見てくれて」

「じゃあ、お前もこっちに来ればいいじゃん」

足立くんはそれだけ言って、同じクラスの今福くん、サッカー部の正ゴールキーパーをスカウトしたのだ。正直言って、佑子は気が重くなる。部員を横取りされた、って、山田先生が思っちゃったら困るな、と。

でも。

「扱いにくいのが、そっちに行くって言ってますけど、頼んでもいいですか?」

とりあえず、山田先生は佑子には申し訳なさそうに言う。対先生という点ではタテマエ的にはどうにかなりそうだけれど、今福くんは言うのだ。

「でもね、ビー部に入ったでしょ、風間。オレ、あいつ大っキライなんだけど」

◆

そして、秋の全国大会県予選、花園予選と言われる県大会の初戦は、横須賀にある夏島高校と対戦することになっていた。佑子たちが葉山高校の頃、夏島高校にはラグビー部はなかった。葉山高校から異動することになった、恩師の山名が立ちあげたラグビー部なのだ。

すでに山名は夏島高校からは異動しているが。

十月の声を聞いてすぐの日曜日、ラグビー部のメンバーが降り立ったのはシーサイドラインという新交通システムの駅だ。なぎさグラウンドは人工海浜に隣接した、海風の渡る快い公園の中にある、天然芝のグラウンドだ。

「足立、ありがとな」

ユニフォームを身に着ける前、まだTシャツでのアップメニューが終わったところで、龍城ケ丘のキャプテンが、足立くんに声をかけた。足立くんは、ちょっと驚いた顔で視線を合わせる。

「お前たちが、合同でやってくれたから、オレたちは最後の大会に出場できたんだ。正直言って、オレたちも、花田のおっさんも、きちんとこの大会で幕を下ろすことができるんだ。楽しかったよ、合同ティーム」

「でも先輩、まだ終わってないッスよ」

戸惑いの中で、足立くんは言う。受けいれてくれて有り難い、それは大磯東の方が感じる恩義だろう。でも、龍城ケ丘のキャプテンは言うのだ。

「この、先輩たちも身に着けていたユニフォームを着て、ラストの大会のグラウンドに立てるんだ。お前たちは、自分の学校の名前じゃないユニフォームで、不本意かもしれない。でもな、オレたちは、このジャージを着てここにいられることが、すごく嬉しい。今日は、やるぞ。ついて来てくれ」

いつの間にか、二つのティームのメンバーが、二人を取り囲む。みんなが頬に笑みを浮かべながら、でも、目の輝きは真剣そのものだ。佑子は思う。あの頃と同じ。あの子たちが宿す光。真っ直ぐで、馬鹿みたいに余裕がなくて、でもその分迷いもない。砂浜の、戸惑いの中でスタートした大磯東の少年たちは、輝きを獲得しつつある。

「和泉先生」

遠慮がちな声が、佑子の感傷を少し冷ます。間近なキックオフの瞬間を待ちながら、メンバーは山本先輩と花田先生の言葉に瞬きもせずに向かい合っている。

「試合の写真、撮ってもいいですか？」

佑子に話しかけたのは、大磯東高写真部の少年だった。普段接点がない一年生だけれど、東西対抗の会場で少し言葉を交わしていた。確か、榎（えのき）くんといった。

「写真、どうするの？」

「ちょっと、スポーツのシーンを撮ってみたいなって思ってて。ラグビー、カッコいいじゃないですか。映像、変な使い方しませんよ」

そんなこと、疑ってないけど。そう思いながら、佑子は彼に頷きかけた。

「大きな大会だから、写真のプロも来てるよ。負けないでね」

夏島高校のフォワードは、大きい。ボールの争奪戦で、西崎くんや保谷くんは、そのパワーに苦戦する。でも、限界までの我慢を、彼らがしているのがはっきり分かる。龍城ケ丘の、そのポジションにふさわしい大きさのジャージは、彼らの細さに合っていない。でも、身体を張る。食いしばった奥歯の音が聞こえてくるようだ。

最初のチャンスは夏島高校。自陣二二メートルライン手前で夏島ボールのスクラム。でも、思い切り飛び出した石宮くんは、渾身のタックルで相手を止めた。彼があんなタックルを、と佑子が思うと同時に、山本先輩が、ナイスタックル！と大声を上げた。そう、ナイスタックル。恐怖に震えていたあの砂浜の彼は、ひと夏を越えたところであのタックルを表現できたのだ。

澤田くんが、ためらいも見せずに相手に対峙して行く。前田くんは、何度も前進を試みながら、それでも相手の堅実なディフェンスをこじ開けきれない。ラインアウトで伸び上がって、相手ボールの奪取を試みる寺島くん。大きな相手に悪戦苦闘しながら、それでもスクラムをゆずるわけにいかない西崎くん。佑子の周りでは、佐伯くんや海老沼さんの絶叫が絶え間ない。でも、佑子の喉からは声が出ない。何か言葉を出すことで、彼らの大切なバランスを崩してしまいそうで、それが怖かった。

足立くんが、荘重なシンフォニーを指揮しているような、清らかなグラウンド。その美しさを壊したくない。佑子はそう思っていた。

何がその原因かは、佑子には分からない。でも、両者無得点で終わった前半の後、後半の開始直後にトライを奪われた。バックスのディフェンスラインの、極めてデリケートな連係ミス。相手校がそれを見定めてアタックしてきたのか、ただの偶然か、それは分からない。でもゴールライン中央に押さえられたトライは、冷徹な現実だった。

そのまま、試合は終盤まで動かなかった。合同ティームとはいえ、その集中力は高かったのだ。でも、毎日一緒に練習しているティームの結束に、どうしても一歩及ばない。ゴールラインへの肉薄は、なかなか果たせない。でも。

足立くんが蹴ったボールが宙を舞う。確信を持って蹴ったそのボールは、相手左ウィングの背後を襲った。ワンバウンドの後、相手ゴールラインにほどないタッチラインを割った。腕時計を確認するレフリー。どうか、あの子たちにもうワンプレーをさせてあげて、と佑子は胸の内で祈る。

夏島高校のラインアウトのタイミングを、この試合の中で読んできたのだろう。寺島くんのジャンプは、相手を脅かすに十分だった。スクラムハーフの混乱に圧力をかけたのが保谷くんと西崎くん。こぼれたボールを、相手ゴールラインに龍城ケ丘のフォワードが押さえ込む。この時点で、5対7。コンバージョンゴールの行方で、試合の結果は決まる。

龍城ケ丘の三年生の、慎重に狙ったキックは、わずかに逸れた。レフリーの笛が、ノーサイドを告げる。

わずかコンバージョンゴール一本の差で敗れたメンバーは、それでも納得した顔でベンチに引き揚げてきた。山本先輩も、花田先生も、穏やかな笑みで彼らを迎える。敗れたとはいえ、彼らの健闘を、誰が否定できるだろう。だから、それは当然のことなのだ。でも、もっと何かできたんじゃないだろうか、何かが足りなかったんじゃないんだろうか。佑子の胸にある焦りは消えない。

たった一人から、ここまでの存在感を示すようになった大磯東ラグビー部。

それは、欲なのだ。とても健全で、正しい欲。

佑子の前に、足立くんを中心に輪ができる。完全燃焼したのか、足立くんは真正面を向きながら無表情のままだ。

「お疲れさま。みんな、頑張ったね」

佑子は、一生懸命高ぶりを抑えながら生徒たちを労う。感情に身を委ねてしまうわけには、やはりいかない。抑制の気持ちも、やっぱりはたらく。

でも、その後の言葉が出てこない。話したい事はたくさんあるのに。この生徒たちを誇りに思い、この生徒たちをいとおしく思い、この生徒たちに、何かをしてあげたいと思っているのに。

しばしの沈黙が、足立くんに言葉を促すことになった。キャプテンという立場は、時に指導者をはるかに凌駕する。

「試合に出たメンバー、ユニフォームの胸を見ろ。そこに、オレたちの学校の名前があるか。オレたちの胸に、オレたちのプライドがあるのか」

くっ、と、何かをこらえる喉元の声がもれた。まだ書類の手続きも済ませていない風間くんが、涙を見せている。

「龍城を助けた、とか、龍城のおかげで、とか。オレは、彼らに感謝してますけど、それだけじゃ、イヤです」

保谷くんが、真っ赤な顔をして足立くんを見据える。

「自分の学校の名前で、胸を張って闘いたいですよ。どんな試合だって！」

その言葉を受けて浮かべた足立くんの表情を、佑子は何と言葉にすればいいのか。

人間は、こんなにポジティブな意志を、ストレートに表現することができるのだ。強烈な決意が、その静かな表情に、静かで無言だからこそ、はっきりと存在感を示している。

そして自分に、その表情を受け止めることができるのか。佑子の胸の内に、自分ではコントロールしようもない思いが満ちて行く。

止めどなく涙を流し続ける海老沼さんの、その素直さを羨ましくさえ思う。

◆

「ウチ、利益いらないですから」

あはは、とさわやかな笑顔とともに名刺を差し出した緒方さんは言うのだ。名刺には緒方直樹とある。

そんな、きちんとやってくれないと、かえってこちらも困るんです。と言いはするものの。

「いや、個人的には嬉しくてね」

ユニフォーム、大磯東独自のユニフォームを作ろう、と、いくつかのスポーツショップに見積を打診したのだ。前に山本先輩に紹介された横浜のショップも、好意的に対応してくれた。でも、破格の対応を示してくれる業者さんが現れた。

「バルちゃんから、紹介されたんですよ。精一杯応援してあげて、って」

「あ、じゃあ」

「ハイ。応援させてください。オレも、高校生の時、今の大磯東さんのような所から這い上がって行ったんですから。バルちゃんから聞いて、他人事と思えなくて」

「望洋高校ラグビー部、ですよね」

「ふふ、カッコつけて言っちゃうと、初代キャプテンです」

「今は、横浜南部じゃあ有力校の一つですもんね」

「後輩たちが頑張ったおかげです。オレたちの頃は何やってんのかよく分からないまま。夏休みなんか、バルちゃんの差し入れ目当てで練習来てるやつまでいましたからね」

時節柄、色々と細かな制約もかかってきている。公務員である佑子が、特定の業者と癒着、などと評価されるわけにはいかない。

目の前にいる緒方さんの朗らかな笑顔が、何かの不正を企んでいるようには、もちろん見えないのだけれど。

「心配しないでくださいね。オレも、フェアにやります。会社に損させるわけにはいかないし。でもね、オレもラガーマンだったんですよ。ユニフォームへの思い、よく分かってますから」

会議室の端っこで、テーブルをはさんで緒方との交渉を始めていた。でも、互いが背負っていたあの頃のグラウンドや部活への思いが、どうしたってにじみ出てきてしまう。同じ頃、同じような思いでグラウンドを踏みしめていたことは、きっと間違いない。

　緒方は言うのだ。垣内（かきうち）さんという激しい先生と、たった六人で始めたラグビー部。元々は陸上で中距離を走っていた緒方は、垣内先生というヒトと出会って、自分の視野が大きく開いたのだ、と言う。

「だからラグビーだ、っていうつもりはないです。でもね、自分が何かに出会って、ここに、オレにとって約束された場所があったんだって、そう思えた高校生は、幸せですよ。せっかく知り合えた大磯東のティームに、営業的に食い込もうっていうよりも、人数不足の中で頑張ってる高校ラガー、他人に思えませんもの」

　条件は、ネイビーブルーのシンプルなジャージ。胸に、ＯＩＳＯ・Ｅと入れたい。それだけだ。ネイビーというのは、校歌の歌詞の中に、海の藍さを称えた詞があるから。

「笑っちゃうんですけどね。稲村ケ崎（いなむらがさき）高校、ご存知ですよね」

　もちろん意識の中にはある。普段は電車通勤だけれど、休日などにクルマで学校に来れば、必ず稲村ケ崎高校の校門前を通る。おそらくは、海岸への近さでは大磯東と同じような距離感だろう。これまで縁がなかったけれど、同じ相模湾岸の少人数ラグビー部として、何年か前までは大磯東を含む合同ティームを構成していたこともあったようだけれど。

「垣内さん、いま稲村にいるんですよ。相変わらず、グラウンドで大声出してるんだろうけど、妙に潔癖なところがあってね。スポーツショップに就職したオレ、出入り止め食っちゃったんです」

「何で、ですか？」

「垣内さんなりのケジメなんでしょうね。教え子との関係でどうこう言われたくないから。でもね、トップリーガー目指さなかったお前なんて嫌いだって、言われました」

それはまた、ずいぶん極端な。

「高校生の頃だったら、傷ついてたかもしれませんね。オレは先生の持ち駒じゃねぇ、なんてね。でも、いいかげん分かりますよ。独り立ちして、お前の道に進め、ってことですよね。古くからの知り合いだからって、そこに寄りかかるな、って。偏差値とか、職業観とか、オレの母校も色々うるさかったけど」

佑子は、もしかしたら覚悟を持って聞く話なのだろうか、と思う。

「垣内さんの乱暴な話の方が、オレには効きましたね。大学は経営学部とか行ったんですけど、大学時代はラグビーやっても、芽が出なくてね。大学二年の夏合宿で、肩をコワしてリタイヤしたんです、ホントは。靭帯切っちゃたんで。垣内さんに怪我のこと言えば、今度は過剰に心配するから、言ってないんですけど」

だから、左肩、上がらないんですよ。と、肩の線までで限界の、左腕を持ち上げて見せて、改めて笑顔になる。

「今は高校生アスリートのサポートする仕事、楽しんでます。オトナってこういうことなんだ、って。あぁ、先生相手にする話じゃないですね」

もうすぐパパになるんですよね、という一言は、喉元で止めた。緒方の誠実さと正直さは十分に分かった。小さなことでも、何かを一緒にやってみたいと思う。

見積書や色々な文書を添えて、先輩の先生のチェックを受け、新しい大磯東のユニフォームを、佑子は緒方の会社に発注することにした。

鳥の唄と雨の唄

　榎くんがラグビー部の練習に居合わせるのは珍しくなくなったのだけれど、いつの間にか部員と同じ練習着やスパイクを用意していて、気がつけば一緒にウォームアップをしたりしていた。あまりにも自然だったので、佑子は彼に問いかけることさえ忘れかけていたのだけれど。

　花園予選が進んでいく十月、一旦龍城ケ丘との合同を清算した。そして、単独ティームとしてのあり方を考えながら、さて、榎くん、どういうつもりなんだろう、と、思った。

「この写真、見てくださいよ」

　榎くんは、薄いグラフ誌を手にした。部活の事、どうするの?と問いかけた放課後の部室でのことだ。

　一般の人がどう見るかはともかく、紙面の端に、龍城ケ丘のユニフォームが見える。紺と白のボーダーのユニフォームなど珍しくもないのだろうけれど、その肩の上に乗っている顔が同級生となると、話は別だ。視線が斜め前方に向いているのは、まぎれもなく保谷くん。同じ方向を向いた緊張感いっぱいのレフリーは、菅平での最初の試合で笛を吹いてくれたレフリーに違いない。と、すれば、カメラマンはバルちゃんということになるんじゃないか。もっとも、雑多なスポーツシーンが並べられた紙面には、撮影者の名はない。

「ラグビーじゃなくても、良かったんですよ、ホントは。でもね、ラグビー部を追って写真撮ってたら、なんだか自分でやってみたくなっちゃって」

「バルちゃん、だよね」

「何ですか？」

「あ、多分この写真撮ったの、知り合い」

タツロー、ダミー運べ！ という声がかかって、榎くんは腰を上げる。

「ぼくも、まぜてくださいよ、和泉先生」

もちろん歓迎なのだけれど、彼の普段の生活は一風変わっている。追いかけているのが、鳥なのだ。それも、普通のヒトは相手にもしない、もっと言えば、誰もが害鳥と思っているかもしれない、カラス。

デジカメのディスプレーには、ラグビー部の練習風景の他に、真っ黒な鳥の姿が並んでいる。海岸の上空を舞うトビとか、水田の中の白い鳥だとか、そんな姿もないではないが、圧倒的多数のショットの対象になっているのはカラス。学校の傍の電柱の上で、あたりを睥睨しながら大きな口を開けているカラスの、何だか威圧的な姿が怖い。

榎くんによれば、北門の駐輪場ではカラスの注目すべきパフォーマンスが見られるというのだ。どこから持って来たのやら分からないのだけれど、時々クルミをくわえたカラスが来るのだという。殻付きのままのクルミはカラスには手に負えない。カラスはクルミをくわえて上空に舞い上がり、駐輪場のアスファルトに落として割るのだという。

「自分がいる高度と、クルミが割れる強度と、下に向かって振る嘴と、割れるクルミにアプローチできるスピードと、あいつら、すごいデリケートに戦略練ってるんですよ。割れたクルミ、他の個体に横取りされたら元も子もないですから」

榎くんは自分の手柄自慢のように、言うのだ。

「ラグビー、カラスだったらどんな風に戦略立てるでしょうね」

佑子が許可を出したら早速、榎くんはコンタクトプレーの練習にも参加するようになった。それが、常に的確なタックルを決める。鳥のように無感動な目が、鋭く対象を見つめているような気がする。というのは、ちょっと失礼なのかもしれないが。

「でもね、ぼくは猛禽じゃないです。鋭い爪も嘴も持ってないし。でも、先を読む、っていうんですかね。無力な自分をどう生かすか、っていう、カラス的選択がぼくには合っているような気がして」

そんな気がする高校生は滅多にいないと、佑子じゃなくてもそう思うだろう。

◆

「風間くんのこと、ダイキライって言ってたけど、何かあったの?」

改めて問い質そうとも思っていなかったのだけれど、授業担当の先生が気の早いインフルエンザにかかって、自習監督の仕事が回ってきた。大磯東の生徒は、だからといって大混乱を起こすような生徒ではないから、普通は課題を配布して時間が終わる頃に回収に行けばいいのだけれど、普段馴染みのない二年生のクラスに、今福くんの顔が見えた。

窓際の席の足立くんに、目だけで合図して今福くんの席に近づいたのだ。

「別に。何て言うのかな。あの、人間性?」

佑子としても、今福くんも風間くんも、まだそんなにじっくり話しているわけではないし、人間性云々を言われても困る。

「何か、きっかけがあったの? その、人間性について、考えさせられるような」

「先生さ、アルフォートって、あるじゃん」

チョコレートのお菓子のことだろうか。無難に先に進もうか。

「美味しいよね」

「そうさ。先生が来る前の二月にさ。オレ、クラスの女子にもらったわけ、一袋」

「もしかして、バレンタイン?」

「と思う。十日だったからビミョーだったけど」

「うん」

「それをさ。オレとしてはバレンタインの収穫の一つとしてカウントしたいワケじゃん。

そのまま、教室の机に入れてたんだよね」

　その子が、なぜ何の飾りもつけずに袋ごと彼にそのチョコをあげたのかも謎だけれど、それをバレンタインチョコと無理やりカウントしてしまおうという今福くんのセコさも、苦笑を誘うのだが。

「それをさ、全部食いやがったんだよ、風間はさ」

　肩のあたりの脱力と、噴き出してしまわないように力んだ頬と。気分は軽いのだけれど、佑子の肉体は不自然なパワーバランスを強いられる。

「で、風間くんにムカついてる、と」

「それだけじゃないんだけどさ」

　ムカついている筆頭がチョコレートの盗み食いなら、人間性の問題だってたかが知れている。一瞬レベルのムカつきを、整理もつかないまま引きずっちゃってるだけなんだろう。落ち着いて考えれば馬鹿馬鹿しいって分かることなのに。

「どっちが先に、オトナの対応をするか、なんだと思うよ。チョコが原因で友だちが減っちゃうなんて、つまんないじゃない」

　佑子は、失笑を抑えながら真面目な顔をして言ってみた。今福くんは、まだ真剣な顔をしているのだが。

「私がアルフォート、買ってあげよっか」

「いや、アルフォートがっていうんじゃなくて」

今福くんは、まいったな、という顔をしてため息をもらした。

「で、先生さ。末広、何か言ってる?」

「ん?　なぁに唐突に」

「いや、あの子、最初サッカー部のマネになろうとしてたんだけどさ、いきなりやめちゃって。で、今になってビー部のマネージャーって、どういうことなんだろう、って」

「だって、今福くんだってサッカー部やめてこっちに来たんじゃない。今福くん自身はどうなのよ」

「オレはさ。オレは、山田先生と、何だか合わねぇなって、前から思ってはいたわけ。あのヒトすぐ怒鳴るし」

「私も今度、怒鳴ってみようか」

「和泉先生が怒鳴っても、悲鳴にしか聞こえねぇって」

「ストレートに言おうか。きみは山田先生に、めんどくさいヤツって思われてたみたいだよ。こういうこと、同僚としては言っちゃいけない気もするけど」

「結構、細かいところで逆らったりしてましたからね。でも、正直言って、オレ、上から目線で何か言われるの、嫌いなんですよ。そりゃね、勉強のこととかは先生が上から目線で言うのもしょうがないでしょ。でもね」

「もう一回、ストレートに言おうか。今福くんも、ストレートにならないと、ラグビーできないよ。あいつはイヤだ、あいつはウザいって言ってたら、そのスキにタックルされるんだから」

今福くんは、今の佑子との会話を、むしろ楽しんでいる。それはきょろきょろと動く目線で分かった。多少イジっても、彼はポジティブに反応するだろう。

「アルフォート買って弁償して、ゴメンナサイって言いなさい、って風間くんに指導しようか？　でも、そんなの小学生だよね」

あはは、と彼は笑みをもらす。そこまでガキじゃねぇし。

そうは言っても、引っかかってたから誰かに言いたかったんだろう。

「元サッカー部。きみにはキッカーになることを期待してるんだよ。楕円のボールに、早く慣れなさい。誰彼にプンスカしてたら、誰もきみにパスを投げないよ。でもそれは、ティームの損失なんだよ。分かるよね。今福くんはそういう部活に足を踏み入れちゃったんだから、もう後には引けないんだぞ」

少しだけ、視線を強くして、あえて今福くんの目を正面から見た。そして彼の目は佑子の視線から逃げなかった。

まだ、楕円球を触り始めたばかりという新入部員を抱えながら、とりあえず龍城ケ丘との合同を清算したのは、来たるべき年末の新人戦に向けて、また春に待ち構える関東大会県予選に向けて、大磯東高としての矜持を確認したかったからだ。

佑子のその意図は、足立くんには話してある。あと三人を確保すれば、単独ティームでエントリー出来る。もちろん、入部したばかりの生徒を公式戦に出せるわけもないし、三年生が引退した龍城ケ丘との合同を続けても、人数は足りるかもしれないけれど、大磯東のメンバーが人数合わせに使われることになるだろう。合宿では同等に扱ってもらえたけれど、みじめな思いが待っている可能性が高い。また、新たにどこか他校を合同ティームに加えてぎくしゃくするくらいなら、新人戦は棒に振っても。そう思っていた。

それに、足立くんは言うのだ。

「和泉先生の覚悟、生徒側としても受け止めなくちゃ、ですよね」

そんなに大層なものでもないのだけれど。でも、そんな気持ちにさせたのは、足立くんの言葉なんだよ。

「正直言って、去年の今頃、やっぱり一回戦で負けて先輩が引退して。残るのがオレだけだったんで、どうすりゃいいんだって。やめちゃおうとも思いましたよ。だって、オレが先生に、もうやめます、って言えば終わってたんですから」

「今は、どう思ってる?」

秋風の立った浜でのランニング練習。佑子は後輩たちを追って走り始めようとする彼を呼びとめたのだ。砂浜に下りる階段に、二人で腰を下ろした。

「不思議ですよね。何でだか一年が入部し始めて、気がついたらそれなりの部活になってて。でも、まだ人数は足りないけど、楽観していいような気分になってて」

「ユーコマジック、かけたから。まだ入部者は増えるよ」

「マジ、すか?」

「うん。ウソ。でもね、楽観していていいって思ってた方が、ね。きっと、新人戦に間に合わなくても、春には単独ティーム、組めるように頑張ろうよ」

佑子から視線をずらして、足立くんは水平線の方を向いた。

今は、もう言葉がない方がいい。

◆

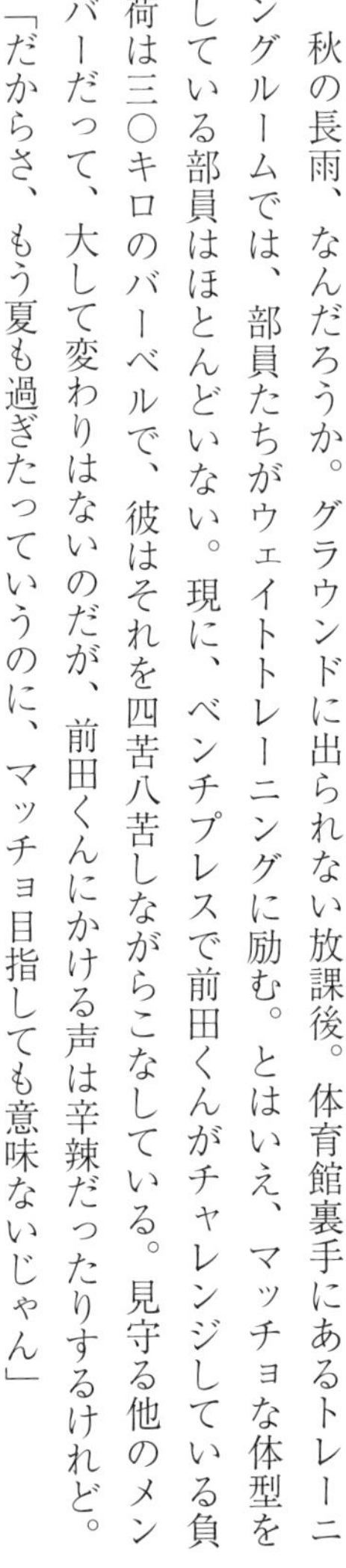

秋の長雨、なんだろうか。グラウンドに出られない放課後。体育館裏手にあるトレーニングルームでは、部員たちがウェイトトレーニングに励む。とはいえ、マッチョな体型をしている部員はほとんどいない。現に、ベンチプレスで前田くんがチャレンジしている負荷は三〇キロのバーベルで、彼はそれを四苦八苦しながらこなしている。見守る他のメンバーだって、大して変わりはないのだが、前田くんにかける声は辛辣だったりするけれど。

「だからさ、もう夏も過ぎたっていうのに、マッチョ目指しても意味ないじゃん」

外から声が聞こえる。

「間違えるなよ。オレが目指してるのは細マッチョなんだってば。ムキムキになったたってキモいだろうが。それに、今から始めないと来年に間に合わないだろ」

「来年に間に合ったとして、で、どうなるワケ?」

「どうなるかは、ワカンナイけどさ」

「でもさ、でもさ、オッカナイ山田先生より、キレイな和泉先生の指導の方がよかったりして。ぐふぅ」

わりと短気な石宮くんは、軽くムッとしたらしい。トレーニングルームのドアを開けた。

「何をウダウダ言ってる？　コッチは真剣にトレーニングしてるんだけど！」

ドアの外には、その言葉に反応した三人の一年生がふと身を寄せる。

「いやあの、筋トレ、教えてもらえたらな、って」

「お前、A組の椎名(しいな)じゃん。何しに来たんだよ」

「だからさ、筋トレやらしてもらおうって、山田先生の所に行ったワケ。したらさ、今ラグビー部がやってるから教えてもらえよ、って。何だか鼻で笑われた感もあるんだけど」

「細マッチョ目指すんだって？」

椎名くんは、石宮くんにも鼻で笑われてる。

「オレは、ただの付き添いじゃあないぜ」

背の高い、でも心細い街灯を支えている電柱のような体型の子が、受け付けを変わった。

同じA組の大前(おおまえ)くんだ。

「ここと、ここに、ちゃんとした筋肉をつけたくてさ」

胸と上腕をパチンと平手で叩く。

「ワッサ。てめェもか」

石宮くんの後ろから、保谷くんも対応している。

「いや、それこそオレは付き添いみたいなもんだから」

「いいよ。来い来い。一緒にやろうぜ。体操服、着てこい」

保谷くんは鷹揚に頷くけれど、石宮くんはちょっと不満そうだ。面白半分のヤツにまぎれ込んでほしくない、と、その横顔が言っている。

佑子は一番奥のマットの所にいて、何人かの体幹トレーニングの計時をしていたから、多分三人からは見えてない。彼らのやり取りを聞きながら分かった。石宮くんはその場の感覚で反応していただけだが、保谷くんは仲間を増やす戦略を胸に秘めているのだろう。今は単純な好奇心で寄って来た三人だが。

「で、筋肉つけてどうすんだ。多少胸がぱっつんってなったって、中身がなけりゃモテないぜ」

だから保谷くんは三人をアオる。

「中身、って何だよ」

椎名くんは本当に、保谷くんの言う中身とは何かを問い質そうとしているようだ。もし今、佑子が同じ問いをぶつけられたら、ちょっと困る。

「それを見つけるのが、部活じゃんか」

ミッキー、カッコいいねえ。そんな半分からかうような声も聞こえたが、保谷くんはおかまいなしだ。

「お前ら、山岳同好会だろ。年に数回しか活動してないんだろ」

大磯東高の部活動は、三十以上ある。生徒の部活動加入率は八割を超えるというのが公式の数字ではあるのだが、実態はといえば、日常的な活動がほとんどない部もあったりする。幽霊部員どころか、幽霊部活だってあるぐらいだ。ラグビー部だって、足立くん一人の時にはそれに近かったわけだし。

佑子の知るかぎり、今年度の山岳同好会の活動は、春の鎌倉アルプス行だけだ。アルプスとは言っても、鎌倉市街地の外縁を巡る低山ハイキングで、山岳どころかお散歩に近い。資料を見れば以前は北アルプス縦走なんていうこともやっていたらしいけれど、現在の山岳同好会の顧問は部員の少なさにすっかりやる気をなくしているみたいだ。今の部員はトレーニングルーム前にいる三人だけ。

そうした背景を含めて、保谷くんは言うのだ。

「じゃあ、一緒にラグビーやらねぇか?」

椎名和輝(かずき)くん、大前渉(わたる)くん、岩佐雄吾(いわさゆうご)くんの三人が、その日に新ラグビー部員候補になったのだった。

◆

世界史の授業は、市民革命の時代にさしかかった。アメリカ独立革命やフランス革命について扱う。佑子は授業で話しながら、自分の中にどんどん疑問が積み重なっていく。

独立を志向してイギリス軍に対峙したアメリカの市民は、王権に反抗したパリの市民は、昂然と暴力をふるう。新しい時代を築くために、それは必要な暴力であり、革命は栄光の歴史であると説かれるのだけれど、どう正当化しても、暴力は暴力じゃないのか。そして、その暴力をふるっていた人々に、来たるべき時代の意味が分かっていたとは到底思えない。

この先の授業の準備をしようと、佑子はキッチンのテーブルに参考書や資料を広げている。が、高校生向けの資料は、一面的に近代社会を切り開いた歴史的転換点として革命を肯定的に、場合によっては礼賛さえしている。どうしたものか、とノートを作るペンの動きも止まりがちなのだけれど、隣の部屋では基がリズミカルにキーボードを叩いている音がする。ふとそれが止んで、泡盛の入ったグラスに氷を足すためにキッチンにやって来た。その表情は暢気で楽しそうだ。

「モトくんは気楽そうだねぇ」

佑子はそう言ってみたけれど。

「あはぁ、うん。楽しいこと、今やってんだ」

さらに気楽な返事が返ってくるばかりだ。

「楽しいことって、何よ」

「まだ、ヒミツ。でも、ユーコちゃんのせいで始めちゃったことでもあるんだけど」

「何だか気になる言い方するんだから。こっちは結構リアルに悩んでるんだよ」

「そうは言っても、何百年か前に終わっちゃってることじゃんか」

「じゃない。そうじゃないのよ。事実はくつがえらないかもだけど、その意味を」

「現代の視点から問い直す、だろ。オレだってマジメに話きいてることだってあるし」

「難しいんだよねぇ。明日どうするか、ってことでもないんだけどさ」

「ヒロさん、大先輩だろ。訊いてみたらいいさ。オレは分かんないからさ」

基は右手のグラスを目の高さで軽く揺する。泡盛の中の氷とスカイブルーのグラスが、柔らかな音をささやく。口にするのは苦手だけれど、少し距離を置いて香ってくる泡盛はいいな、と思う。

「あんまり飲み過ぎちゃ、ダメだよ」

「大丈夫。明日はオフだし」

「まだ寝ないの?」

「もうちょっと進めてからね。氷だけ足んなくなっちゃったけど、作業はまだ区切りのいい所までいってないし」

「だから、何やってるの? 何かの原稿なんだろうけど」

「ヒミツだってば」

「そういえばさ、今日、あ、もう昨日か。また三人、入部するかも」

「すげぇじゃん。三人っていうことは」

目をきょろきょろさせて、多分基はメンバーの誰彼を思い出している。

「おう、十五人そろうってワケか!」

佑子は、夕方に見た三人の生徒の、ちょっと怯えた顔を思い出す。筋トレに興味を持って寄って来ただけだけれど、佑子はあれこれ言わなかった。きっと保谷くんたちが頑張るだろう。少し肩の力を抜いて、ラグビー部のことは楽観することにしている。その方が、きっと部員たちのことがよく見える。その佑子の微笑に、基は言う。

「授業のことで悩むなんて、ポジな悩みだろ。部活だって活気づいてさ。いい仕事してるんだって、そう思ってた方がいいさ」

細くなって下がった基の目尻に、ちょっと感謝の気持ちを抱いたのだけれど、そんなことを悟られたくなくて、資料集のページに目を移した。掲載されている思想家の肖像に、心の中でバぁカと毒づいてみた。

基は背中を見せて、鼻歌に沖縄の島唄を乗せて、なぜだかクロスステップを踏みながら部屋に消えていった。

◆

「ためて。ためて。まだガマン。いくぞ。ゴー！」

ユニフォームの納品に来てくれた緒方さんが、納品だけではガマンできずに、バックスのラインアタックの指導をしてくれている。スタンドオフに足立くん、インサイドセンターに澤田くん、そして、入部届けを出したばかりの椎名くんがアウトサイドセンター。両翼には左に前田くん、右に風間くん、フルバックに今福くんが控える。特に最近入部した三人はまだ未知数で、サッカー部のゴールキーパーだった今福くんのキック力に期待するだけ。あとは未定。だけど、ティームとしての構成を試そう。足立くんの発想はそこまで。ただ、まだオドオドしているような、学校の体操服に、部室に転がっていたOBのスパイクという出で立ちの椎名くんが、けっこういい。

「和泉先生、あの子、椎名くんって、ホントに始めたばかりなんですか?」

体力がなくて、すぐにあごを上げて弱音を吐くのだけれど、何だかリズム感がいいのだ。上手くハマると、絶妙のタイミングで出すパスが、前田くんや風間くんを気持ちよく走らせる。派手なランニングプレーだけじゃなく、例えば走り出す時の足の配置だとか、ポジショニングだとか、何も知らないから、本人には余計に新鮮なのかもしれない。

「シーナぁ。もうゲロかぁ」

澤田くんは、割と容赦ない。

本当に吐くわけじゃないけど、息をあげてうずくまる椎名くんに、佑子は最初、かなりとまどったのだが、傍に寄って声をかけると、見上げる目がうっすらと笑う。楽しんでいるのだ、自分の限界を少しずつ上げていける毎日を。

「みんな頑張ってますね、和泉先生。この様子を話すとね、ウチの奥さん、すぐにバルちゃんに電話しますよきっと」

緒方さんは、額の汗を秋風にさらしながら、そう言って笑った。

別の日には基が顔を出した。もっぱらフォワードを鍛えることに集中するのだけれど、グラウンドが広く使えない日だって多い。すると、基はバックスのメンバーにもスクラム練習を強いるのだ。

「ラグビーは、スクラムだ。スクラムが強くて弱いティームはあるかもしれないけど、スクラムが弱くて強いティームは、ない。バックスも、スクラムで闘わなくちゃ」

円城寺くんは体重九〇キロ以上。大磯東最重量の部員だが、どうしても西崎くんに勝てない。でも、あきらめない。

「えんちゃん。まずアゴを引け。背筋を伸ばせ。その体幹の重みを、真っ直ぐ腰に乗せるんだ。そう、それでヒザためて」

クラウチ、バインド、セット！

基の指導は微にいり細にもこだわって、フットポジションのスパイク半足分のズレにまで修正を試みる。体重もない中で、いかに負けないかを追求してきた高校時代の体験からなのだろう。最大のポイントは、首の使い方だったりもする。二〇キロ以上のビハインドを円城寺くんに持っている西崎くんは、むしろ小さくなって対抗するのだ。低く、低く。

「きみたちには、体重もスキルもないんだから、低さとか、結束とか、我慢とかで闘わなけりゃいけないんだぞ」

それは、基が高校時代の自分に言い聞かせてきたことなのかもしれない。

ラインアウトの駆け引きは、相手ティームとの騙し合いの要素だってある。でも、このサインなら絶対、っていうプレーがなくてはダメなんだ、と基は徹底的な反復練習を課したりもする。大前くんは、意外に堅実なジャンプ力を見せてラインアウトの核になれそうな気がしてきた。身長はあっても、保谷くんは手先が不器用だし、寺島くんは、実は視力が弱い。寺島くんは、教室では眼鏡が欠かせないのだが、部活中には眼鏡は使えない。それは仕方ないし、スポーツ用のコンタクトレンズだってあるよ、と紹介もしたのだけれど、彼は眼の中に何かを入れるの、コワいんです、と気弱に微笑むのだ。もう、恐怖心のかけらも見せずにタックル練習もできるようになったのに。

緒方さんにしても基にしても、体感としてラグビーを経験してきたからこそ教えられることがある。それは佑子にはないものなのだ。

「でもな、オレがもし今、大磯東の先生だったとしても、この状況は作れていなかったと思うよ。これは、ユーコちゃんがいてこそ、なんだ」

基は、秋空を見上げながら言う。こっちを見ないのは、照れ隠しか。

自分は、海老沼さんや末広さんと、一緒に水を持ってグラウンドを右往左往してるだけなのに。

「でも彼女たちに、右往左往してるだけ、って言えないだろ。ここにみんながいる。それが大切なことなんだ」

基の、常ならぬ称賛の言葉と、受け止めておこう。

◆

大きな欅の木が繁る。その葉が色あせ始めた、秋葉台公園。十一月に入った。

ベストエイトのティームが集まって、ベストフォーを決める大会の重要な試合を、みんなで見に行こうと提案したのは足立くんだ。今年のベストエイトには、湘南大藤沢、横浜経済大付属、相模学院など、例年の上位常連校、最近急上昇で力をつけていると評判の金沢学院が並んでいる。意地を見せている公立校は横須賀東高と桂台高の二校だった。

もうそこに、見知っている人はいないはずなのに、両校とも高校時代の思い出に残るティームではある。

感傷もある。佑子はでも、現役の高校ラグビー部の指導者でもあるから、各校の先生方にも挨拶をして、せめて大磯東の名前を覚えてもらおうと動いた。横須賀東が一番最後になるのは仕方がない。今の横須賀東の監督は、佑子が高校生だった頃の葉山高の監督だった山名先生なのだ。この日の四試合のうち最後の試合が、横須賀東が湘南大藤沢にチャレンジする一戦になる。

「山名先生、お久しぶりです！」

その顔を見ると、生徒だった頃、ちゃんづけで呼ばれていた頃に戻ってしまいそうだ。

「おう、和泉先生、だな。頑張ってるんだってな。山本から、聞いたよ」

その、日に焼けた顔は変わらないけれど、少し白髪が増えたかな。

目の前で表現することはシンプルなのに、なぜかバックに膨大な何かを秘めていそうな雰囲気。世の中に知らないことなんかないんじゃないか、と思わせられる笑顔なのだ。恩師、ってそういうものなのだろうか。

「先生が横須賀東高の監督って、何だかあるべき所に収まったって感じですね」

指導者としての山名は、佑子が教員になってみて初めて知ったことも含めて、大きな存在だったのだ。静かな物言いや常に沈着な姿勢。今は、県のラグビー専門部で要職にも就いていることは知っている。

「定年まであと五年。次から次へとめんどくさいことが降って来やがるよ。まぁ、長年楽しませてもらったお返しに、できるだけのことはやるけどね」

広いインゴールを利用して、横須賀東高のウォームアップが始まる。山名先生とティームの連携はスムーズで、山名先生からの端的な指示を受け、キャプテンのリードで試合に向けての雰囲気が高まっていく。

佑子は、足立くんと保谷くんを連れて山名先生の所に来ていた。二人に強豪校の、大切な試合に向かっていく流れを体感させたかったのだ。二人とも、もしかしたら横須賀東高のメンバー以上に緊張していたかもしれない。でも、引きつったその頬は、これから知らなければならない空気をしっかり吸収している、と佑子には思える。

グラウンドでは、金沢学院の機動力のあるフォワードが、じわりと桂台高フィフティーンを追い詰め始めていた。

スタンドの隅でひとかたまりになって試合を見ていた大磯東のメンバーは、横須賀東が最後の最後に逆転トライを失ってベストフォーを逃す瞬間まで、じっと無言で観戦していた。その目には、驚きと感動と、畏怖と歓喜が同居している。自分自身がとてもじゃないけれどできないことを、当り前のように実践している高校ラガーがいる。それに恐れをなすのか、それともモチベーションにするのか。

佑子の、大磯東のラグビー部員は、誰もうつむいていない。それを、誇りに思おう。

◆

十二月に入ってすぐの試験期間に向けて、十一月の最終週は部活がオフになる。せめてラストの日はグラウンドで動きたかったのだが、この時期には珍しいほどの大雨になった。仕方なく校舎内をランニングし、ひと汗かいてから筋トレメニューということにした。

屋外からはごうごうという雨風の音が響く。もう寒くなって、飲料水の補給も頻繁ではないし、海老沼さんと末広さんは、少し油断するとぐちゃぐちゃになってしまう部室の整理にいそしんでいた。面倒になると「まぁいっか」というつぶやきをもらすのが海老沼さんで、それに無言で首を横に振るのが末広さんなのだが。

「先生、消耗品の予算、まだありますか?」

こういう堅実な問いを発するのは末広さんだ。海老沼さんは、不足品があると自腹で立て替えて、後で言い出すのだ。

「足りなかったんで、これ買っちゃいました」

簡便な消毒薬やら脱脂綿、テーピングテープ、コールドスプレーや絆創膏や洗剤、それに彼女たちが切実に求めるのが消臭剤なのだ。何もしなければ、部室には様々な臭いが充満する。いくら寒くなった季節とはいえ、練習後はスパイクを脱いだ十五人分の蒸れた足の臭いが部室に漂うのだから、彼女たちは消臭剤を切らさない。

とどろく雨の音の中、自転車なら五分で済む距離ではあるけれど、ドラッグストアに行きたいと言いだした。でも今日は、自転車では無理だし、傘を差した徒歩では、往復で三十分はかかるだろう。

「危ないから、今日はやめておきなよ」

「でも先生、今整理しておけば、テスト明けがスムーズじゃないですか」

末広さんは、決意するとなかなか引かない。

雨の音は、部室の外でリズミカルに響く。ずたたた、ずたたた、ずたたた。

隣接するトレーニングルームからは、部員たちが取り組んでいるマシンの金属音も断続的に聞こえてくる。

生徒に言うわけにもいかないことだけれど、今日、作成した試験問題に先輩の先生からOKをもらった。印刷などの機械的な作業は残っているけれど、何だかやるべきことのほとんどの整理がついたようで、気持ちが楽になった。

「サクラコちゃんの几帳面さはいいことだけど、こんな日に無理しなくてもいいんじゃない？　私から言わせてもらえば、きみたちがびしょぬれになって駅に向かうだけだって、何だか気が重いよ」

雨音は一向に衰えない。ずたたた、ずたたた。

新人戦へのエントリーは見送った。いくらなんでも、入部してわずかな期間しか練習していないメンバーを抱えて十五人ジャスト。どんな相手との試合になっても、準備不足の状態で公式戦に臨むのは相手校にも失礼だろう。部員たちにはそのまま告げた。そして彼らは、十分に準備して春の大会に備えるのだ、と、逆に結束を固めた。結構最後まで、自分は傍観者だという立場を確保しようとしていた岩佐くんまで、目つきが変わってきたように、思う。

◆

「思う存分、食ってくれよ！」

大鍋に湯気を上げる大量のトン汁。半年ぶりの振る舞いで、基がマネージャーの二人をアシスタントにして作った。中庭のテーブルにセットした卓上コンロに、そんな重さを乗せていいのだろうか、というような巨大な鍋が乗っている。

環境に配慮して、使い捨ての容器は用意しないから、と部員たちには箸と容器を持参するように昨日伝えたのだが、半数の部員がラーメン丼クラスの大きさの器を持って来たのには笑わずにいられなかった。

年内最後の、打ち上げの練習だ。冬の関東の、からりとした晴天と冷たい微風。あつあつのトン汁に頬をうっすら染めて、みんな嬉しそうだ。円城寺くんが七味を入れ過ぎて汁を追加したのは策略じゃないか、とか、岩佐くんが肉と油揚げばっかりよっているとか、口々に言い合いながら、雰囲気は和気あいあいではある。多分お母さんの配慮なのだろう。寺島くんは大量のお握りを持参していて、みんながそのお相伴にあずかっている。トン汁の器を片手に、唇の端に米粒をくっつけている高校生の姿は、結構可愛い。

自分の分をさしおいて、部員たちの面倒を見に動きまわる海老沼さんと末広さん。女子だからとか、そんなことを言うつもりもないし、彼女たちなりに楽しんでくれればそれでいいと佑子は思うのだけれど、どうにもじっとしていられないらしい。

彼女たちと、仕切り役の基が、それでも湯気の上がる器を持ってテーブルに座ったとき、ようやく佑子もトン汁の香気を口にしながら少し落ち着いた。

「今年は、充実の一年だったんじゃない？」

含み笑いを浮かべながら、基は上目遣いに佑子を見る。そして、佑子は少し背筋を伸ばした。

「モトくん、正式に、うちのティームの嘱託コーチにならない？」

「もう、コーチしてるじゃん」

「じゃなくて、わずかではあるけど、ちゃんと報酬もあるし、生徒の引率もできる。どうせなら、ある程度の責任を背負って生徒に教えてほしいんだ」

海老沼さんの目が輝く。でも、言葉は発しない。オトナの意見交換だと、ちゃんと理解しているからだ。佑子はわざと生徒の前で話を振った。

「職場の中で配分される部外コーチの人数は制限があるから。でも、色々交渉して、校長の許可ももらったよ。私が、嘱託コーチを選ぶことができるの」

「気楽な方が、いいんだけどな」

基はそうつぶやくように言うのだけれど。

「今日みたいに、一緒に楽しんでくれたら、嬉しいな」

末広さんが一言。

「サクラコちゃんには、かなわないな」

それが基なりの、オファーを受けた意思表示なのだろう。

花は花として

わざわざ公式戦用のメンバー表用紙に、足立くんは書きあげてきた。新年早々の、五日午前の練習前、佑子に、これを人数分コピーしてほしいと職員室に持って来たのだ。

「私の名前まで載せなくても」

「いえ、目に見える形で、ティームの現状を共有するためです。先生、関東大会の県予選は四月になったらすぐです。もう三カ月しかないんですから」

四角い文字に、足立くんの律儀さや責任感がしっかり宿っている。

四月だったら、この下にヘッドコーチ・永瀬基って入れるのかな。それに、今「一年」となっている部分は、「二年」と変わるのだ。大きな大会ではパンフレットも編集発行されるから、そんなあれこれの備えもしなくてはならない。

紙の資料は練習後に配ることとして、年始の活動がスタートした。

新年最初の練習だし、軽く体を温め、ほぐすメニューではあったので、佑子は一旦職員室に引っ込み、足立くんが書いて来た用紙を拡大コピーした。そして、一人一人のこれまでを思い浮かべる。

1番プロップ・西崎要一（一年）・誠実であるきみを失わないで。スクラムはきみが。

2番フッカー・榎達朗（一年）・カラスのように、広い目配りと貪欲さがきみなんだ。

3番プロップ・円城寺照也（一年）・少しだけ足りないのは、闘おうという気持ちだけ。

4番ロック・寺島夏樹（一年）・ティームにメロディーを吹きこんでよ。ＦＷを躍らせろ。

5番ロック・大前渉（一年）・空中戦はきみに任せる。身も心も、もっとぶっとくなろう。

6番フランカー・石宮圭太（一年）・タックル屋って、それはきみへの称賛の言葉として。

7番フランカー・岩佐雄吾（一年）・クールを気取ってもきみに似合わない。アツくなれ。

ナンバーエイト・保谷幹人（一年）・フォワードはきみが頼りだ。全てを、見つめろ。

9番スクラムハーフ・佐伯淳（一年）・もっとしゃべれ。きみの言葉がティームを作る。

10番スタンドオフ・足立善彦（二年）

11番ウィング・前田和（一年）・走れ。何も考えなくていい。その走りが未来を作る。

12番センター・澤田紳治（一年）・バックスの指揮者たれ。誰にも優しいパスの力で。

13番センター・椎名和輝（一年）・きみのパスが、ティームを創造する。そして、ラン。

14番ウィング・風間勇気（二年）・負けない、その意地は失わないで。前進あるのみ。

15番フルバック・今福丈太郎（二年）・今は、きみがラグビー部のキーパー。頼むよ。

Ｍｇｒ・海老沼美由紀（一年）・その笑顔と声援はティームの宝物。元気をちょうだい。

Ｍｇｒ・末広桜子（一年）・いつも実直な仕事師であることはみんなが知ってる。感謝。

監督・和泉佑子・だから、精一杯がんばるよ！

足立くんは、自分が書いたものを印刷してくれなかった佑子に、いぶかしげな視線を投げた。でも、もしかしたら鞄の底でくしゃくしゃになってしまうかもしれないプリントより、毎日みんなで共有する部室の掲示物にしたのだ。そこに、佑子なりのメッセージを書き込んだ。パソコンを立ち上げて打ち込むことで、綺麗な格好は作れただろう。でも、肉筆でメッセージを加えたかった。安っぽいマジックインキではあるけれど、手で書き込むことが大切だと思ったのだ。

そして、足立くんへの言葉を、まとめきれずにいた。たった一人のラグビー部。その時に彼がいたからこそ今がある。感謝、敬意、そんな言葉は全部上滑りするし、グラウンドでの足立くんの笑顔に応える言葉がなかなか思い浮かばない。

軽いメニューで新年最初の練習を打ち上げて、部室でこの掲示物を見せたら、みんながざわめいて、そして笑顔になった。不満な顔をしたのは足立くんだけだ。

「先生、何でオレだけ、コメントがないんですか？」

部員たちが引き揚げて行く流れの中で、妙に無表情だった足立くんは居残った。

「どうしても、足立くんへのコメントが書けないの。私にとって、それから大磯東ラグビー部にとって、きみの存在が大きすぎるからなのかも」

足立くんは、苦笑いを浮かべるしかない。

「でもね、一つだけ、書いてもいいかな、と思った言葉は、ある」

「書いてくださいよ」

佑子は、赤いマジックのフタをはずして、「足立善彦」という名前のあとに、書いた。

「きみが、我がティームのプライド」

◆

「えんちゃん！　首締めろ。背筋伸ばせ。きみはできる。できる」

スクラム練習から一旦腰を伸ばし、水を入れながら、円城寺くんの表情はともすれば弛緩したようになる。それを励ますのは保谷くんの声だ。大前くんは岩佐くんに相手してもらいながら、ラインアウトの調整をしている。八人しかいないフォワードの、スクラム練習だから、三人対三人のシンプルなものになってしまうのだが、その密度と緊張感は高い。円城寺くんのトイメンは西崎くんだ。彼は、スピードやボールスキルではティームに貢献できないことから、スクラムに賭けている。決して押されない。その気迫に、名前や体格と同じように円満な円城寺くんは、ともすれば呑まれる。その隣の榎くんも、太ももをわなわなと震わせながら石宮くんと押し合う。ファインダー越しの世界ではなく、リアルな肉体の攻防なのだ。

北の丘陵からは凍えるような風が吹き下ろしてくる。海側に建つ体育館が日影を作るために、グラウンドの三分の一は湿気が取れず、時にスパイクシューズさえスリップさせる。

でも、二月の土曜日の、この時間の大切さを、みんなが分かっている。高校入試と学年末試験で、春までの練習時間は削り落とされる。

　でも、春には期待も待っている。十二月の学校説明会の時、参加した中学生の何人かはラグビー部の見学にも来てくれた。平塚の中学の滋田（しげた）くんと郷内（ごうない）くん、小田原からの宮島（みやじま）くん。この三人は大磯東を受験することと、入学が決まったらラグビー部に来てくれる約束をしてくれた。

　佑子は一つの覚悟を持って練習を一区切りさせ、メンバーを集めた。

「ハードな練習をしてみよう。フルのコンタクトで、ミニマッチ、やってみよう」

　すでに、グラウンド中央に、マネージャーの二人が二〇メートル四方のラインを石灰で描いている。キック以外の戦法の全てを、約束事なしで発揮していい。試合のグラウンドでなら局地戦というところか。モールやラックという密集での動きや、パスやランでの攻撃も、大きく広がった戦法は取れない。何より、全身を、全力を発揮して闘う練習だ。

　佑子も、秋から冬にかけてレフリングやコーチングの講習会に何度か参加した。公式戦で笛を吹く女性のレフリーだって、女子ラグビーのアスリートだっているのだ。スタートコーチの資格は取った。レフリー資格こそ取っていないけれど、佑子もせめて、部内のゲームで笛を吹く用意をしてきてはいる。

「いい？　百パーの集中力と闘争心がないと、怪我するんだよ！」

　小さな範囲で、六人対六人のバトルを展開させる。指導者側である佑子が一番恐れるのは怪我なのだが、練習で思い切りパフォーマンスしたことがない選手が、本番で中途半端なプレーをして大怪我することの方がもっと怖い。

佑子の笛の、小さな一音を合図に、センターに置かれたボールを持って突進したのは保谷くん。迎え撃つのは石宮くんで、低く鋭いタックルでこれを止める。倒れた保谷くんからボールを奪おうとジャッカルに入ろうとするのは榎くん。でもその手を薙ぎ払うようにボールを確保していくのは寺島くん。このプレーをオーヴァーという。

みんな、顔を強張らせてはいるのだ。でも、ファイトは惜しまない。

寺島くんが相手をクリーンアウトした、そのボールを押さえた佐伯くんが、次の一手を探る。右の背後に円城寺くんがいる。

「えんちゃん！　タテに行け！」

佐伯くんからの小さなパスが円城寺くんへ。ボールを胸にした彼は、その瞬間に表情を一変させた。赤みを帯びた額と食いしばった口元、そして決意を漲らせた目。

円城寺くんを止めに来るのは、今福くんと風間くん、二人の二年生だ。円城寺くんは、今福くんをターゲットに選んだ。その胸元に、全力で踏み込む。今福くんにも意地がある。身体をのけぞらせながら突進を止めた。けれど、円城寺くんの足は止まらない。低く、低く、低く。風間くんもそのゆっくりした、そして粘り強い前進を押し止めようと頭を低くしてモールに入る。そして一人、もう一人。

円城寺くんは闘い切った。ゴールラインまで、自分の足でボールを運び切ったのだ。佑子は見ていた。密集の中で、ものすごい声を上げながら前進しようとする彼の、今まで見たことのないような表情を。ゴールラインになだれ込んだときの、一瞬だけの歓喜を。

七分のフルコンタクトマッチを五本、メンバーを入れ替えながらやった。部員たちの表情は様々だけれど、一様にやり切った感を浮かべている。佑子の立場から言えば、大きな怪我がなくて良かったということではあるものの、鼻血や打撲程度では驚かなくなっている自分に、ちょっと戸惑う。

「先生、こういう練習、もっとやりましょうよ」

足立くんは、クールダウンのストレッチが終わると、早速佑子の所に駆け寄って来た。今日の練習への満足度が高いのだろう。抑えめの表情はいつもと同じだけれど、眼差しが鋭い。

「オレも、今日は燃えた。すっげえ面白い」

「人間って、あんなことができるんだね」

今福くんと風間くんが、肩を並べて足立くんと並び立った。

「私としては、正直言って怪我が怖い。でも、今日のミニマッチで、みんなが伸びていることがよく分かったよ。レフリングしながら、私もエキサイトしたし」

ふと、足立くんが眉をひそめる。

「でも先生、一番課題があったのが先生のレフリングかも」

それを言うか、とあと二人の二年生は笑う。

「あれでも一生懸命だったの！」

わざと大げさな言い回しにしたことは、足立くんに伝わっただろうか。

「先生、ぼく、どうだったかな？　ちゃんと、やれてたかな」

三人の二年生の後、円城寺くんは不安そうに佑子に寄って来る。普段の、人の良さそうな笑顔に戻っているけれど。

「うん。立派だったよ。最初のトライ、サイコーだった」

ふともらした吐息は、安堵の色。

「きみも、できるんだって、みんな分かったんじゃない？」

「先生が、闘えって、書いてくれたから、ぼく、闘おうって」

「えんちゃん！　アフターでもうちょっと、スクラム組もうぜ！　えんちゃんいねぇと始まんねぇし！」

西崎くんの声がかかり、円城寺くんは笑顔で振り向く。世界を全部相手にしても負けない、そんな笑顔で。

◆

居並ぶ先生方の姿に緊張して、佑子は一番後ろの席に座っていた。

高校生の頃に公式戦会場で見かけたベテランの先生や、ついこの間まで現役でプレーしてました、という感じの若手の先生。三月初旬の、湘南地区の名門である鵠沼俊英高校のホール、ラグビー顧問総会の席である。

前の役員席についている山名と、佑子の斜め前に座っている山本くらいしか、親しく言葉を交わした先生はいないのだ。この間の様々な場面での接点で、男性ばかりの会場の中に佑子がいて挨拶しても、あぁ、大磯東さんのね、という受け止めはされているみたいだ。

メールで届いた会議の資料はプリントアウトしてきて手元にある。でも、具体的に話が進まないと分からないことも色々あり、各部会の委員長の先生の説明を、一言も聞きもらすまいと集中した。

議事と説明が進んでいくうちに、県の高校ラグビーがどんなスケジュールでどんな風に運営され、どんな分担でどんな問題があるのか、ぼんやりと分かってきたし、そんな細かいところにまで目配りしているのか、と驚くことも少なくない。

議題の最後、専門委員会の来年度人事案が説明されている時だ。山本が後ろを振り向いた。山本は来年度の西相地区委員長に内定している。

「和泉先生、今すぐに返事くれなくてもいいけど、専門委員やってみない？」

「え、無理です」

とっさにそう答えたけれど、今の今まで考えたこともなかった。

大きな混乱もなく会議は終わり、若手の先生方が中心になって大会の抽選会の準備が始まる。今度は、抽選会に臨む学校の代表の立場になるのだが、そのタイミングで山名に呼ばれた。

「正直言って、居心地悪かっただろ」

マネージャーと顧問の先生だった頃の感覚が、ちょっと蘇る。

「でもな、専門委員に女性がいることも、必要になってくる。ユーコ、いや和泉先生、やってみないか」

「でも先生、私、プレーヤーじゃなくてマネージャーだったし」

「知ってるよ、コーチ資格の講習会で頑張ってたこと。セーフティアシスタントの講習会では最前列で、って全部聞いてるよ」

「え、でも」

「桜セブンズ、桜フィフティーン、知ってるだろ」

「女子の日本代表ですよね」

「女性の競技人口も増えていくだろう。これから、ヤローばっかりの組織では済まなくなる。女子ラグビーにどう対応するのか、まだ未定の部分も少なくないんだけどな。受け止める組織を組み立てなくちゃならないんだが、そこに女性の委員がいてほしい。どうだ?」

「どうだって。山名先生。こんな、会議の合間に立ち話で言われるような、そんな軽い話じゃないんじゃないですか」

「それはそうか。あはは」

山名は笑いで話を締めくくったけれど、何だか重たい何かが押し寄せてくる気がする。

でも、ラグビー部の顧問を引き受けた時から、それは運命づけられていた気もするのだけれど。自分が自分で引き寄せたこと、なのかもしれない。

部員ジャスト十五人での公式戦エントリー。一人でも怪我したりしたら、それで棄権になってしまうし、相手校にも失礼になってしまう。でも、目標設定はしたかった。秋入部のメンバーも、試合経験こそ薄いけれど、心も身体も準備できている気がする。ただ、ティームとしての積み上げがほとんどない中で、どれだけのことができるのだろう。

関東大会の県予選とともに、ゴールデンウィークにある高校総体のセブンズ大会の抽選もある。受け付けが始まった。おそらくは期末試験期間なのだろうけれど、キャプテンやマネージャーさんが来ているティームも少なくない。

大磯東が単独ティームでエントリーしたことに、もしかしたら軽い驚きを持った人もいたかもしれない。秋の全国大会予選は龍城ケ丘の付け足しのような合同ティームだったし、新人戦のエントリーは見送ったのだから。

抽選の結果、一回戦は川崎地区の武蔵中原高と丸子高の合同ティーム、勝てば二回戦でクジ運シードの稲村ケ崎高校との試合となった。セブンズ大会は、横浜南部の望洋高、横須賀の夏島高、伊勢原にある愛甲高との四校でリーグ戦を闘う。

ともあれ、目標は出来た。どの対戦相手もみんな格上に思えるのだけれど、それは思える、ではなくて事実だろう。後は試験明けの彼らにどのようにモチベーションを与えるかと、怪我をさせないことだ。

各ティームの先生とも挨拶を交わした。ユニフォームについては、夏島高はグレーと黒と知っているけれど、合同ティームは武蔵中原高のオレンジにするとのこと。望洋高はモスグリーン、愛甲高はレモンイエローとのことなので、あつらえたネイビーのユニフォームも無事デビューさせられる。大磯東の名を胸にした彼らが、ピッチに立つ日が来るのだ。

◆

「世界史、いや、歴史ってヤだよね」

年度末お疲れさま、と飲み会のお誘いもなくはないのだけれど、佑子はヒロさん、恵さんと中華街の円卓に座っている。ここは、圧倒的に広東料理の店が多い中華街には珍しく、本格四川料理の店なのだ。野菜多めの前菜を愛でながら、恵さんもヒロさんも、最初からぬる燗の紹興酒。とりあえずビールでクはァなんていうことは絶対にしない先輩たちだ。四川と紹興じゃあ地方が違うじゃんっていってもそれしか選択肢がないんじゃあねぇ、とヒロさんは小さなグラスに口をつけた。ミリ単位でしか減っていないグラスをテーブルに置きながら、そして、自分の職業を全否定するようなセリフを吐くのだ。

恵さんのパートナーで、世界史の専門家で、実はかなりなお酒のテイスターらしい。

「その気になったヒロに最後まで付き合うと、地獄を見るよ」

恵さんにそう脅されたことがある。基は、いつかやってみようかな、と言っていたが、もとより佑子にそんな気はない。

　半年くらい前から、自分の授業で話していることが、戦争だか虐殺だか、そんなことばかりで嫌気がさすことが度々で、年度が終わる解放感で恵さんに連絡してしまったのだ。中華街で楽しむことにしていた恵さんたちのカップルの席にお邪魔したのは、その時に誘われたから。多分、夜半からは基も合流して来るのだけれど。

「歴史のエポックになる場面って、大きく時代が動く時でしょう。そんな場面ばかり取り上げてたら、血腥い歴史しか描けないよね」

　ヒロさんは、トロリとした表情で言うのだ。

「でもさ、年がら年中戦ってばかりなんていられないよね。普段の人間って、何考えて何をしてたんだろうね」

　定番の前菜の皿から取り上げたクラゲをこりり、と噛む。四川には、クラゲいないよね。

「日本史だから、メグも言いたい事あるかもしれないけど、縄文」

「私、江戸文化のヒトだから」

「えー、勘当された若旦那が捨て台詞を吐きまして、お天道様と米の飯はついて回る、なんてんで見得を切りまして」

「唐茄子やぁ唐茄子、って、ここで唐茄子屋政談？」

　この二人の知識量の奥底はどこまで広がってるんだろうと、時々思う。

「日本人は米の飯って。縄文から弥生って、単線型に歴史は動いたんだろうか。考えたこと、ある？　パリのおかみさんたちがパンがない、ってヴェルサイユに押し寄せた時の心情って、闘う気持ちだったんだろうか」

「まぁ、パンがないのならケーキを召しあがられたら」

「その台詞を、マリー＝アントワネットは言ってないそうだけど」

「まぁ、チャーハンがないのなら饅頭を召しあがられたら」

「うん、一度どんなもんだか食べてみたいよね。魯迅の『故郷』に出てくるルントウが食べた焼きめし。美味いとも思えないけど」

「そういえば、ウイキョウ豆ってさ、コンイーチーが」

「すいません。もう私ついて行けません。で、縄文が何なんですか？」

「さすがに、ピントははずさないね。いや、縄文人は、新しい薄手の土器とか稲作とか、こりゃ新しい、って簡単に受け入れたのかなって話。縄文って、一万年。そんなに簡単に切り替えられるんだろうか」

「ウチのお祖父ちゃんは、戦後はアメリカのものが新しくて正しいって、何でも真似したって言ってましたけど」

「二人は普通の恋をして結ばれました。でも、奥様は魔女だったのです」

恵さん、いい加減にして。

「ダーリンってフツーの会社員っぽいけど結構豪邸に住んでんのよね」

「縄文人だって、栗の木の巨柱で作った巨大建築物に住んでたのかもよ。でも、ここでジャズの話したら怒るよね」

いつだって、どこかに冗談のタネや余談を潜ませているのがヒロさんや恵さんなのだけれど。まだ大して飲んでないのにこれだ。でも本題に戻ってください。

「日本列島の人たちが、田んぼと米を受け入れるのに何百年もかかったっていう説がある。田んぼで米作りしたら、その土地は手放せないよ。そこから土地を奪い合う歴史が生まれる。争いは、人殺しを正義にするんだ。自然の恵みをみんなが分け合っていればいいのにね。それにこの列島には、本当に豊かな自然とキレイな水があった。縄文人はそんな争いよりも自然の恵みを優先したって考えてもいいよね」

お待たせしました、とウェイトレスさんが麻婆豆腐を運んできてくれた。赤くてつややかなソースが、清らかな豆腐の白を包んでいる。レンゲで取り皿に取って、口に運んだ佑子は、絶句する。

いや、視線をヒロさんの口元に向けていたから、無視された料理が怒って辛くなったワケじゃなく。

「辛っらーい！」

紹興酒じゃなくて、ビールがあったらよかったのに。でも辛いとしか言えないんだけれど、唐辛子の辛さじゃない。唇から舌から喉まで、麻痺したような感覚。しびれ感が半端じゃない。それでも、その刺激の向こう側からじんわりと生まれてくる旨みが、やっぱりさすがなんだけれど。

「それが四川料理の花椒の風味なんだって。マイルドな日本の麻婆豆腐と違うよね」

「その、日本の四川料理を作った名料理人の話にスライドすると、また脱線しちゃうからやめとくけど、どうする?」

ヒロ先生の授業は、ちゃんと進むのだろうか。

「風土が、食文化も、人の気質も、言葉も宗教も願いも喜びも作るんじゃないかな。同じ一本の樹木を見ても、その新緑の葉を美しいって思う人もいれば、こんなの邪魔だって思う人もいる。切り倒して舟作ろうって思う人もいる。海は恐ろしいって思う人もいれば、海は豊かだって思う人もいる」

「その海を真っ黒に染めて泳いでくるから、真っ黒、マグロとなったたな」

「でも先生、マグロの刺身は赤いですよ」

「だからお前は愚者だってンだ。切り身で泳ぐ魚はいねぇ」

「あの、脱線はもう」

「じゃあユーコちゃん。クジラは何でクジラって言うか知ってる?」

佑子はいいかげん、この二人の脱線癖に疲れてきた。ちなみに、このネタは、おそらくヒロさんあたりから仕入れたのだろう、基も先日同じことを言っていた。まったく。

「毎朝八時五十分過ぎに潮を吹くからですよね」

「そう、それを見ていてもう九時ら、って言ってた漁師さんの日常は幸せだっただろうかな、って。クジラは捕れなくても、鯵や鯖がたっぷり獲れてたら、漁師さんたちは幸せな一日になっただろうね。ヴェルサイユに押し寄せたパリのおかみさんたちは、ダンナや子どもたちに食べさせるパンのある日常が失われたからパニックになったんだよ」

「まぁ、お蕎麦が食べられないのならおうどんを。うどんなら高松だよね。私、竹清（ちくせい）の天ぷら好き」

「ぼく的には、香川県庁の所のさか枝（えだ）が。あ、でも坂出にもおススメの一軒が」

「そういえばさ、前に由比ヶ浜にクジラが乗り上げちゃったことあったじゃない。縄文人的にはああいうのも自然の恵みだよね。縄文時代に国際捕鯨委員会、なくてよかったよね」

「あの、結論としては」

「ティース！」

　そこに基が入って来た。

「わぁお、麻婆。すいません、とりあえず生ビール！　大きいのでね。何でこんなに残ってるの？　いいですか？　フィニッシュしまぁす！」

　痺れる麻婆豆腐を一気に、取り分け用の大きなスプーンを手にしてあふれるほど口に入れ、生ビールで飲み下す。自分のパートナーが、こんなにケモノみたいなヤツでいいのか。

佑子はもう何だか分からなくなって、ひたすら脱力感を覚えるのだ。

◆

普通、入学式の後は、咲き誇る桜の花の下でのクラス集合写真だろう。

佑子は新一年、Ｂ組の担任になった。しかし、大磯東高には桜の大樹はない。正面玄関横にかろうじて桜の木があるがこれは八重桜で、開花時期は微妙に遅くなる。撮影場所は担任に任されたので、佑子は少し歩くけれども砂浜にした。

真新しい制服姿の一年生たちは、堤防の上から見下ろす海原の広がりに、目を輝かせるようだ。文字通り、前途洋々。

その佑子のクラスに、郷内くんがいた。

浜で撮影を終えて、学校に戻る道すがら、郷内くんと歩いた。決して大きな体格ではないけれど、きりりと引き締まった体躯とさわやかな印象の短髪。

「先生、約束は守りますよ。ラグビー部、楽しみです」

「中学では、何やってたんだっけ」

「水泳っす。でもね、対ヒトの競技やってみたくて」

郷内くんは、宗治郎という、何だか大時代な、武士のような名前なのだが、本人も言い出したことをブレさせないような律儀な物言いをする子だ。

「郷内くん。でもラグビーは少人数じゃできないの。同級生からの誘いが一番効果があるっていうし、人数増やす努力、しなくちゃね。運動経験なくたって、全然オッケーだから」

「もう二、三人、声かけてます」

それは頼もしい。

入れ替わりに浜に撮影に向かうクラスには宮島くんがいた。小田原から来ている、早々にラグビーやりますと言ってきた、ちょっと太めの体型の子。名は体を表すのか、彼の名前は大（だい）というシンプルさ。日常は太い黒ぶちの眼鏡をかけている。

「和泉先生！　ごーちゃん！」

ちょっと目にはもっさりした印象なのだが、口を開くと甲高い声で人懐こい。そのギャップが楽しい宮島くんなのだ。

「ダイ！　クラスの子にも声かけて、部員増やそうぜ」

郷内くんも、春の日差しの中でまあるい笑顔を浮かべて応える。

実は、学校説明会の時にラグビー部に顔を出した三人のうち、最後に残って不安そうに相談をもちかけてきたのも宮島くんだった。中学まで、スポーツらしいことは一切やっていなかった、そんな自分でもできるでしょうか、という、まぁよくある問いなのだが。

「中学の部活は？」

そう問うと、少し恥ずかしそうにうつむくのだった。

「あの、鉄道同好会で」

「先輩にだって、元ブラスバンドとか写真部出身だとか、軽音楽部とかいるよ。関係ないない」

ホッとしたのだろうか。彼はそこから一気に鉄道愛を語った。彼が愛するのは、地元小田原の、箱根登山鉄道と小田急のロマンスカーだということまでは分かったけれど、そこから先のアツい語りは、頻出する専門用語でケムにまかれて、ほとんど理解できなかったのではあるけれど。

最初のホームルームが終わり、保護者の皆さんに挨拶し、昇降口に駆け降りる。下足箱の利用ルールや駐輪場についてのあれこれを、まだ右も左も分からない新入生に案内するためだが、そこはベテランの副担任の先生方がうまく仕切ってくれていた。

そして、北門の周辺には、ありとあらゆる部活の上級生が待ち構える。もちろん、ラグビー部の二年生たちも、新品のボールをそれぞれに抱いて、男子の誰彼に話しかける。驚いたのは、新入生の一人でもある滋田くんが、その先輩たちと一緒に勧誘していたことではある。

「トモっち、向こうの一年生グループに向かえっ！」

勧誘活動を仕切るのは、やっぱり佐伯くん。本人は身体を動かすことなく、もっぱら指示を出しまくっているだけだ。榎くんと澤田くんは、なぜだか新入生本人ではなく、一生懸命そのお母さんらしき人をかき口説いているし、寺島くんと前田くんの二人は、大きくラグビー部と書いた段ボールを持ってぬーぼーと立っているだけ。

彼らの作戦は、今日のところはこの先輩はラグビー部なんだと思ってもらえればいい。それだけなのだそうだ。そして明日からは昇降口に網を張って、とにかくグラウンドに連れて行くという、強引なだけで作戦じゃないじゃん、という作戦なのだった。

ある意味、部員たちにとっては入学式の喧騒は、ちょっとした息抜きでもある。スパイクに履き替えてグラウンドに出れば、次の週末にひかえている大会のことで目一杯になる。確認しなければならないことが山のようにあるし、まだスキルが高くないものだから、できないプレーもたくさんある。

　できることを、とにかくしっかりやるんだ。それだけなのだ。

　すでに入部を決めた滋田友則(とものり)くん、宮島大くん、郷内宗治郎くんの三人が、ともかくのコーチとなって新入生に応対し、先輩たちはゲームプランのおさらいに取り組む。

　なぜだかそういう、慌ただしい時に限って新一年の子が突き指しましたとか、爪が割れましたとか、言い出す。末広さんがコールドスプレーを持って走るかと思えば、海老沼さんがテーピングテープを引っかきまわし、佑子が給水ボトルを抱えて走り回って。

　五時に新入生を帰し、ようやく二、三年の練習に集中するかと思えばもうタイムリミットの六時に近づいている。

　正直に言えば、新一年担任の佑子は、他に書類仕事を覚えきれないくらい抱えている。一つ一つはシンプルなものが多いのだけれど、何せ新年度のスタートの、その新人たちのための事務処理だから、煩雑なことこの上ない。生まれて初めての担任、ではあるから、要領よくなんてできないし、優先順位も分からない。

　しっかりした生徒の多い大磯東だけれど、書類上のちょっとしたミスや手違いやうっかりもないわけじゃない。一人分のミスなら何ということはなくとも、担任する生徒は四十人いる。一人が一つずつミスれば、対応する件数は四十になるわけだ。

パニック寸前になって目を吊り上げていたら、副担任のベテランの先生が、またも手を差し伸べてくれた。

「和泉先生、機械的に済む書類仕事はこっちに投げていいんだよ」

その目尻のシワが、天使の光背より美しく見えた。

◆

晴天の鵠沼俊英高グラウンド。佑子の自宅と大磯東のちょうど中間地点のような位置の藤沢市の、市街地を少し外れた場所にある。一回戦の試合が数試合組まれているから、高校ラガーたちが数多く集う。逆サイドのインゴールでアップに入る合同ティームを横目でにらみながら、大磯東もストレッチを始めた。

佑子は、足立くんが苦笑を浮かべるほど、準備の荷物にミスのないように、と昨日の練習後のミーティングで繰り返した。幸い、ケアレスミスもなく、部員の十五人は準備に怠りない。新一年生も、すでに入部を明らかにしている三人以外に四人が見学に来てくれた。

ネイビーの地色に、襟が白。胸にＯＩＳＯ・Ｅのマークが白で入る。短パンは白、ソックスはネイビーで白い折り返し。

前の試合が終わり、ユニフォームに身を包んだフィフティーンが、佑子を前にそろって、そして胸を張る。

「きみたちが、精一杯やってきたことを私は知っている。それはきっとウソをつかないから、仲間を信じて頑張ろう。自分たちだけの、ティームなんだよ！」

保谷くんは、不敵な笑みを浮かべる。石宮くんは、両手で自分の頬を叩く。西崎くんは、広めに開いた両足に力を込めて上体を沈めた。

「出番だぜ」

レフリーの笛に応えて足立くんが静かに言う。大磯東のメンバーは奇妙に落ち着いて、グラウンドに視線を向ける。

あ、大丈夫だ。

一〇メートルラインに沿って入場する彼らの背中を見ていたら、佑子は自然にそう感じた。いや、勝敗とかプレーの成功や不成功ではなく、彼らの、多分限界近くのパフォーマンスが表現される、と、無条件に信じられたのだ。

給水ボトルを二つ、無意味に握りしめて早くも涙ぐんでいる海老沼さんと、機動的に動けるようにと小さなバッグにメディカル用品を整理している末広さん。

先手は大磯東が取った。キックオフボールを相手のロックとフランカーが譲り合うようにして落球。レフリーの手が上がって大磯東にアドバンテージ。そのボールをセービングで奪ったのが寺島くん。カバーした保谷くんの足元から素早く佐伯くんがパスバックし、足立くん、澤田くんとボールが渡る。澤田くんは相手のセンターをかわして、フルバックに駆け寄る。そして、タックルポイントを半歩ずらしてあえてコンタクトを取った。

「シーナぁ！　頼むっ！」

相手フルバックの背後に上体を伸ばし、左手一本でパスを椎名くんへ。オフロードパスというプレーだ。

全力でゴールライン中央に駆け込んだ椎名くんがトライ。試合早々のノーホイッスルトライが決まった。

「シンちゃんシンシンちゃんシンシンちゃぁん！　シーナぁ、ナイストラーイっ！」

激情に身を任せる海老沼さんに、末広さんは冷静に一言。

「ミユキ、今福先輩に水とキックティーね」

サクラコちゃん本人は残り十四人分の給水ボトルを持ってセンターポイントへ。

次の相手キックオフも、大磯東のものになった。蹴り込まれたボールを手にしたのは保谷くん。真っ直ぐ走って相手フォワードとクラッシュ。それは想定済みで、寺島くんと大前くん、石宮くんでボールを確保する。佐伯くんからバックスへ、と見せて西崎くんへ。もとより、走力のない彼の役割はもう一度のクラッシュだ。円城寺くんと榎くんがオーヴァーしてボールが出る。サイドにアタックをかけたのは保谷くんのアドリブだったか。バックスラインへの警戒心が勝った相手の、密集サイドに隙があったのだ。保谷くんの長いストライドがグラウンドを蹴る。

さらに、次の相手キックオフからは保谷くん、岩佐くん、大前くん、石宮くん、円城寺くん、榎くん、と、フォワードでつなぐ。短い確実なパスの連続は、相手を大きく混乱させた。相手陣二二メートルラインまで、とにかくフォワードで縦につないでいく。ポイントを作るのは、次の起点を作るため。佐伯くんの手からボールが足立くんへ、そして澤田くんがボールを受けた時、彼には選択肢が二つ用意されている。開いた位置にいる外センターの椎名くん。でも、澤田くんはすぐ左に、浮かすような小さなパスを投げた。そこに走り込んだのは西崎くんだ。走力はなくても、衝撃に強くて縦の圧力がある彼が、三本目のトライをあげる。

「ヨーイチぃ！　やったぜぇー！」

海老沼さんの絶叫はもはや定番。トライをあげた本人は、照れくさそうに引き揚げてくるだけなのだが。

相手ゴール前のスクラムから保谷くんがサイドアタックで。こいつら、何やって来るか分からない、と相手は思ったのだろうか。単純なラインディフェンスの連係ミスでがら空きになった左ライン際を走った前田くんの独走で。

前半終了間際の相手オフサイドからのペナルティゴールを含め、五トライのコンバージョンとともに十三点をあげたのは今福くん。ハーフタイムは、笑顔を浮かべてのものにもなりそうだった。佑子も、そんな気分に浸りそうではあったのだが。

「引き締めろ。もう勝ち試合だなんて思っていないだろうな。オレたちは勝ち慣れてもいないし、スタミナ切れ気味のヤツだっているだろ。後半が勝負なんだぞ！」

足立くんが、含んだ水を吐き出しながら叫んだ。

保谷くんが、ぎりりと奥歯を噛みしめたのが分かった。そう、引き締めろ！

後半は、厳しいものになった。たとえ合同ティームだって、意地もある。明らかに勢いを失った選手もいないではないけれど、それは大磯東だって同じだ。キツい練習で切磋琢磨してのスターティングメンバーではないのだし、少なくとも前半は全員が力を尽くしたと信じても、時間が経つにつれてパフォーマンスが落ちてくるメンバーだっている。

佑子は思い出す。

「痛いのも辛いのもヤだったたし、負ければ、早く終われるし」

中学時代の西崎くんは、そう思っていたのだ。

でも、今の彼らはギリギリのところで踏みとどまる。体格でのビハインドを、それでもはね返そうとする西崎くん。よろけそうになりながら、それでもタックルに行く岩佐くん。得たラインアウトをどうやって生かそうかと目くばせする榎くんと大前くん。胸に抱えたボールを、決然とした表情で前に運ぼうとする寺島くん。

後半は、終了間際まで両者無得点で推移した。グラウンドのほぼ中央でマイボールのスクラム。蹴り出して勝ちを収めるシチュエーションかもしれない。でも、スタンドオフの足立くんは、そこで彼なりのプライドを示したのだ。

不意に、右サイドにふわりとしたキックを。

「ゆうきぃーっ！」

もちろんその絶叫に、風間くんは応える。全力の疾走で、相手ウィングに勝った。キックパス一発で、最後のトライ。大磯東単独ティームの初戦は、見事な完封勝利を収めたのだ。

全員が、おそらくは現在持っている力の全ての、それ以上を出し切ったのだろう。ふらつく子もいる。呆然と表情を失っている子もいる。歓喜とは程遠い、初勝利後の姿。でもそれは、輝かしい姿だった。

「おめでとう。勝ったね」

何だか聞きなれた声が後ろから聞こえた。佑子が振り向くと、ひょろりと丈高い長身の上にヒロさんの笑顔があった。

「この四月から、この学校に移ったんだよ。きみたちのゲームが見られて、よかった」

あ、どうも、ぐらいしか佑子の言葉は出ない。へたり込んでいる部員たちの姿を見ながら明らかに感動しているのに、それをどうしていいか分からない。冷静に考えれば、来週はもっと格上のティームとの試合がある。でも、それをどう持っていけばいいのか分からない。葉山高では、山名は、どうしていたんだっけ。そればかりが頭の中をぐるぐる回っているのだ。

「大磯東、集まれ！」

普段とは明らかに違うトーンの基の声。試合は何も言わないで見てるから、と今朝言っていた。ヒロさんだって望洋高時代にラグビー部のサブをやっていたはずだから、見る目はあるはず。なら、二人で一緒に観戦していたのだろう。

体育館下のスペースに立った基の周りに、二、三年生が輪を作る。背後に、まだ初々しい制服の一年生が七人。

「勝利を祝う言葉も言いたいけど、その前に。ゲームの後で、それがどんなゲームだったって、グラウンドでへたり込むのはみっともないと思え。全力を尽くしたことはよく分かる。でも、強がれ。そうしないと、弱い自分はそのままだ」

基は、厳しい表情で言う。

「だよな？　足立」

「その通りだと、オレも思います。せっかく勝ったんだから、カッコつけようぜ」

足立くんばかりは、堂々と胸を張って、それでもあえて軽い言い方をしているんだろう。

それが、彼なりのキャプテンシーだと佑子は感じる。

ある意味厳しさを含む基の言葉、でもそれは、もしかしたら基も無理して厳しめの言葉を探してのものかもしれない。そして、まったく余裕のない部員たちとの間で、クッションになろうとしている足立くん。

そうした心理やら空気やらを分かっているのかどうなのか。七人の一年生たちは頬を上気させ、真剣な目でラグビー部の空気をトレースしようとしている。

グラウンドから目に立つ所に、ソメイヨシノは咲いていない。でも、どこからか舞い込んできた淡いピンクの花弁が、部員たちの足元で円を描いた。

君たちが咲くのは、もう少し先なんだよ、と。

エイトビートの疾走

稲村ケ崎高は強かった。決して大柄なティームではなく、体格で圧倒されたわけではないけれど、その圧力やスキルの高さに翻弄された。でも、試合終了後はかえってさばさばと敗戦を受け入れられる雰囲気になった。足立くんを中心に、部員たちはむしろ明るい。グラウンドから一段下がった駐車場の一画を占めて、輪になって座って反省の意見交換を始めた。練習着を身に着けるようになった新一年生とともに、正式にラグビー部のインストラクターになった基もその輪に加わっている。

新一年生のニューフェイスは妹尾（せのお）満（みつる）くん、川之江（かわのえ）涼一（りょういち）くん、磯部（いそべ）成（しげる）くん、柏倉（かしわくら）陽一郎（よういちろう）くんの四人、彼らもすでに、仲間という意志を充満させてそこにいる。

「いや和泉先生、ありがとうございました」

自分の部の落ち着いた様子に、少し安心感を抱いた佑子は、ようやく肩の力を抜いてそのミーティングを見守っていた。そこに、稲村ケ崎高の先生が挨拶に来てくれた。垣内先生という、ヒロさんの以前の同僚だった人だ。顧問総会の時も一応挨拶はしたけれど、ちゃんと話すのは初めてのこと。稲村ケ崎高が会場校だったから、ホスト役の部員たちはグラウンドの後片づけに散っている。

「こちらこそ、本当に勉強になりました。ありがとうございます。生徒たち、負けてもむしろ明るく受け止めてます」

「ヒロからも、緒方のヤツからも電話もらったんですよ。実際に対戦してみて分かりました。いいティームになりますよ、この子たち」

ごつい体格と鋭い眼光。どう見てもコワい先生なのだけれど、声を聞いてみれば分かる。たとえ他校の生徒に対してでも、優しい視線に満ちた先生だ。

「専門の先生に、毎日指導されているティームは違うって、思いました。先週の相手の合同ティームは何だかバラバラでしたし」

「でもこれで、いいんです。負けることも大切なことなんですよ。一生懸命やってる子はキチンと伸びます。和泉先生に見守られているこの子たちも、きっとね。この子たちに足りないのは、経験と自信だけだ」

「そう言っていただけると、ちょっと安心します」

この試合に向けて、幾つか用意してきたことはあった。アタックでもディフェンスでも、やってみたい事はあったのだ。でも、稲村ケ崎高のフォワードは、スクラムでも接点でも律儀なほどに圧力をかけてきた。その度に、じわりじわりと押され続け、その分フォワードの展開は鈍った。密集では自由にボールを動かすことができず、その分相手のディフェンスは十全に機能する。大磯東高はアタックでもディフェンスでも、完全にテンポを狂わされた。

一挙の大量得点を奪われたわけではないけれど、終わってみればチャンスらしいチャンスもなかったし、スカイブルーの稲村ケ崎のユニフォームが躍動するばかりのゲームではあったのだ。

それでも大磯東のフィフティーンは、声を出すことを止めず、足を動かし続けた。話の中で、基はその点を強調して部員たちを励ましている。

もう一度改めて垣内先生にお礼を言おうと向き直ったら、その背後に親しい微笑み。

「バルちゃん。見に来てくれたんだ！」

「垣内先生、お久しぶりです」

振り返った垣内先生は、一瞬の間を置いて相好を崩した。

「小野じゃないか。え？　どういうことだ？」

「実は、和泉先生、いや、ユーコちゃんは私の友達なんで」

先生は、どう対応していいものやら、バルちゃんと佑子の顔を見比べるばかりなのだが。

「先生、もう二人、先生に会いに来てますよ」

バルちゃんは、柔らかな春の日差しの中でもう一度微笑む。

「一時、先生に嫌われたって言ってましたけど、緒方くん、サオリと一緒に来てます」

「嫌われたも何も、一昨年の秋にあいつらの披露宴に呼ばれてスピーチまでさせられたんだぞ。それ以来会ってないけど」

さっきまでの落ち着いた言動が乱れるのは、垣内先生の動揺、というよりも優しさの表れなのだろう。ベビーカーを押しながらグラウンド傍の通用門から、一組の家族が先生の元にやって来る。佑子にはその姿が、少し眩しく見える。

垣内先生は、それでも生徒への指導があるし、基は大磯東の様々なグッズをクルマに積んで運ばなくてはならない。

佑子は、バルちゃんと一緒に、緒方さん夫妻とともに、稲村ケ崎高校から少しの距離の、岬の公園に向かった。潮騒のとどろきと海風と、初夏を感じさせる陽光の中で、ベビーカーの中の赤ちゃんが微笑む。まだまばらな柔らかい髪が風に揺れて、ぽよぽよの頬がデリケートなお菓子のよう。存在そのものが喜び、という赤ちゃんを見つめる緒方さんの目は、やっぱりとろけそうなあたたかさに満ちている。

「のぞみ、って名付けたのよ、この人」

沙織さんは、バルちゃんからさんざん話を聞いてきたから、初対面のような気がしないけれど、直接会うのは初めてだ。

「子どもの顔見たとたんに、本性現したのよね。生真面目なスポーツマン、っていう雰囲気で高校時代は通してたけど、実はテツだったの。女の子だったらのぞみ、男の子だったらはやぶさって名付けるつもりだったんだって。女の子で、良かった」

「それって、新幹線の名前、ですよね」

「そ。まぁ、N700Sとかって付けられなくて良かったけど。あ、それじゃ区役所も受け付けないか」

あはは、と沙織さんは笑う。結構豪快なヒトかもしれない。

手に取るような近さで、江の島が見える。その右側にうっすらと稜線だけの富士山。その山の姿に向かって行くように見える、おもちゃのような江ノ電。

「江ノ電の駅で、バルちゃんは沙織さんに救われたんだって、前に聞きましたけど」

「鎌倉高校前駅だよね。バルがあの時何考えてたか、もう忘れたけど、私だって、あの頃、バルがいてくれてよかったな、って思うよ。救われたって言っても、バル、ちょっと複雑な子だったからね。あの場面も、ちょっとクサい場面だったかもしれないけど、必要な場面だったんだよね。ん、ユーコさんだって、そういうのあるよね」

ある。

なのだけれど、初対面なのにずいぶんいきなり直截な話をする人なんだなと思った。緒方さんは抱きあげたのぞみちゃんに波立つ海を見せようと歩き、バルちゃんはその笑顔をのぞき込みながら、海沿いの展望所に向かう。

◆

ごうごうと海は波の音を響かせているけれど、その色は春の明るい色彩に染まっている。

「あの、六月に文化祭、あるじゃないですか」

日曜日に公式戦が入った場合、月曜日の部活はオフにする。その月曜日の放課後、職員室に石宮くんと澤田くんがやって来た。

「有志バンドに、エントリーしちゃダメですか？」

そういえば、この子たちは元軽音楽部。さすがにラグビー部に集中した一年生時代を過ぎて、二年生では軽音部に登録用紙を出していないはずだ。

「去年の血がうずくっていうこと？　でも、バンドの編成できなかったんじゃないの？」

「いや、実はワッサが入学祝いにベース買ってもらったらしいんですよ、去年。でも、あいつスコア読めなくて、自信なくて軽音に近づかなかったらしいんで」

「メンバーがそろったっていうわけだね」

「オレがドラムで、シンちゃんとなごみがギターなんですよ。でワッサにベースやらせて」

「ヴォーカルがいないね」

「ハイ。で、ヴォーカル、先生にお願いできないかな、って」

嫌いではない。だから余計に逡巡してしまう。クラスの生徒に担ぎ出されたというのならばカワイげもありそうだけれど、ラグビー部員をバックバンドにしたら、何か言われそうな気もする。

「でもさ、ゴールデンウィークには総体のセブンズでしょ。文化祭のある六月には、地区のセブンズもセブンズ全国大会予選だってある。両立できるの？　あ、もっと大事なのは定期試験があるよね。勉強が一番大事じゃない。トリプルで頑張れるのかな」

それまで全てを石宮くんに言わせて黙っていた澤田くんは、ここで口を開く。

「先生、まかせてください」

何をどうまかせるのだか分からないが。

「ウチの学校の生徒が文化祭の催しにエントリーするのは自由だよ。だから、やめろとは言わない。でも、きみたちの勉強やラグビー部の仲間たちにマイナスの影響が出るのなら、いいよって言いたくない」

「な。予想通りのリアクションじゃん」

ちょっと冷静な、澤田くんのコメントが石宮くんへ。ならばその流れで。

「ん。分かってるじゃない。私だって、他の先生方の手前、出しゃばることははばかられるしね。ヴォーカルは他で探してよ」

目を見交わす二人の姿にかぶさるように、甲高い声が廊下に響く。海老沼さんが渡り廊下から小走りにやって来る。右手で、一年生の女の子と手をつなぎながら。

「ユーコ先生！」

海老沼さんは、石宮くんと澤田くんが目に入っていないかのように、一直線に佑子に視線を向けている。

「新マネさん、見つけたよ」

海老沼さんの後ろで、むしろ困ったような顔をしている一年生。一見して派手めな印象の可愛らしい顔なのだけれど、多分それは彼女の自己演出なのだろう。大磯東は生徒のファッショナブルな姿勢には厳しめな指導をするけれど、そんな点にギリギリの折り合いをつけている感じ。手入れの行き届いた、ショートヘア。

「G組の小山朱里ちゃん。入部届けも持参でぇす」

会話からはじかれた感じになってしまった石宮くんが、戸惑った表情になっていたけれど、あ、というつぶやきとともに海老沼さんに向かい合う。

「えびちゃんさ、歌、歌わない？」

今度は海老沼さんが一瞬凍る番だ。

「ケータくんたち、文化祭の有志バンドのヴォーカル、探してるのよ」

軽く、支援。

「ケータ。きみは私のこと、分かってない」

「そう言われてもなぁ。えびちゃん、声でかいじゃん」

「でかいかもしんないけど、私には音程というものがないの。オンチなの。高校入試で一番足引っ張ったのが音楽の内申なの。恥かくのは、ヤなの！」

「あの、先輩。バンドやるんですか？」

小山さんの第一声は、それだった。

「私、ヴォーカルやりたい！　軽音かマネさんか、迷ってたんですよ。ビー部のマネさんになってバンドもできるんなら一石二鳥かな」

うふ、と、高校一年生には見えないような、女の子らしいキメポーズを作った。

◆

もう初夏。というより、夏。

人工芝の保土ヶ谷グラウンドには高校ラガーがあふれている。四校ずつのリーグに振り分けられたティームが、それぞれ三試合のセブンズマッチを行う。大磯東は第三試合で横浜の望洋高、第六試合では横須賀の夏島高、第九試合で伊勢原の愛甲高と対戦するのだが、七人制はハーフタイムなしの前後半それぞれ七分なので、一試合は十五分ほどで終わる。けれども、人数は半分になってもグラウンドは同じ大きさだから、ダッシュする距離も、一人一人がケアする面積も格段に大きい。

新三年になった足立くん、今福くん、風間くんの三人はできるだけフル出場とし、フォワードは基と保谷くんの采配で交代しながら。スクラムハーフは原則佐伯くんだけれど、新二年バックス陣の中で交代しながら、ということにした。

最初の一本、望洋高は県全体でもベストエイトにあと一歩、という実力校。フォワードは保谷くん、寺島くん、石宮くんの布陣で臨んだものの、完膚なきまで、といってもいいほどに完敗した。追ってもどうにもならないモスグリーンのユニフォームを見送るばかりだったから、出場した七人は苦笑いをして戻って来た。

二試合目の夏島高とは競った。前半は5対7。開始早々に許した独走トライに対し、前半終了間際に、相手タックルを振り切った今福くんがトライを奪うものの、コンバージョンゴールは、当の今福くんが失敗した。

「ジュン、後半はオレにやらせろ！」

ハーフタイムの笛が響いたとたんに大声をかけたのが前田くん。足立くんが微笑み、基が頷いてハーフが交代する。

前田くんは、グラウンドレヴェルで声援を送っていた他のメンバーと離れて、ささやかな観戦席の最上段で戦況をうかがっていた。あの子のことだから、きっと何かを考えているんだろう、と、佑子は笑みを浮かべずにいられない。

七人制は、例えばスクラムでサイドをケアするのはスクラムハーフだけだ。となれば、もう片方のサイドは空いているはず。前田くんはそう考えたに違いない。

ハーフの位置でフォワードからのボールを得ると、前田くんはお構いなしに自分でボールを持って走った。それにしても、何たるスタミナとスピード。相手の裏側に出てしまえば後は自在だ。後半は前田くんの独走トライだけで三本。さすがに真ん中にトライする知恵もついたので、今福くんが全部コンバージョンを決めた。

「ハイ。今日のオレ、もう終わり」

ノーサイドで引き揚げて来た前田くんは、給水ボトル一本分の水を一気に頭からかぶって笑った。それにしてもどれだけわがままでマイペースなんだか。足立くんは明るく笑いながらその前田くんのお尻を、思いっ切り平手で叩いた。

愛甲高校は、そんなに伝統があるラグビー部ではない。情熱のある若い先生が数年前に赴任して立ちあげたティームだ。ベンチにも、十人ほどのメンバーがいるだけだけれど、大磯東だって似たようなものといえばその通りなのだし、この試合にも全力で当たる。でも、足立くんは、後輩にも目を向ける。観戦スタンドの背後に移って、次戦に備えてのミーティング。

「澤田、お前スタンに入ってみろ。シーナ、お前がセンター」

え、と言ったきり表情を止めた二人に、足立くんは言うのだ。

「オレたちが引退する、その後も考えなくちゃな」

たまたま、その傍でウォータージャグのスポーツドリンクを調整していたのが海老沼さんだった。彼女ははじかれたように立ち上がって、その目があっという間に充血する。

「先輩が、引退する、の？」

下げた右手の先から袋を開けたばかりのドリンクの粉末が、さらさらと落ちる。

「ちょっと！　えびちゃん！　オレに粉かかってるって！」

飛び退きながら肩をはたく石宮くんをよそに、海老沼さんは立ち尽くしている。

「ヤだ。先輩が引退するなんて、ヤだよ」

「ミユキ、ちょっと落ち着きなさい。先輩は今日引退するんじゃなくて、引退したら、って言ってるの」

末広さんはさすがだ。海老沼さんの肩をポンポンと、あやすように叩く。

十五分の休憩。日差しを避けながら次戦の展開の相談をしなさい、と部員たちを散らせた基は、佑子の横にやって来て言うのだ。

「どうしてこんなに、いい子ばっかりなんだい？」

「買ってきました！　もう、最後の三袋でした！」

息せき切って、真っ赤な顔でコンビニのレジ袋を振り回すのは小山さん。この試合がマネージャーとしての初仕事で、塩分チャージのタブレットを買いに走っていたのだ。

「ご苦労さま。みんなに配ってあげてね」

どう考えても、駐車場の向こうのコンビニに行って来ただけとは思えない時間のかかり方なのだけれど、サボっていたわけではないだろうし、何軒かのコンビニをさまよったのかもしれない。息を上げながら走って来た。その一事で全ては不問に付そう。今日はノーメークだし。

愛甲高戦は、二年生が大爆発した。先発は石宮くん、榎くん、保谷くんのフォワード、佐伯くん、澤田くん、椎名くんと、ウィングに岩佐くん。まずは、相手のキックオフミスを榎くんが拾って突進し、石宮くんと保谷くんがサポート、スムーズにラインが回って岩佐くんがトライ。その後も、七人が縦横に走り回って五本のトライをあげた。しかしながら、メンバーの中にはコンバージョンキッカーはいない。譲り合うように蹴ったものの、七人制のコンバージョンはドロップキックのせいか、キックオフは蹴れている澤田くんまで含め、全員が失敗した。

25対0のハーフタイム。これまで出番がなかったのは西崎くんだけになった。本人も、スピード勝負になること必定のセブンズだから、多分、あきらめ半分だったのかもしれない。でも、基がその背中を叩く。

「後半、行こうか」

「でもぼく、走れないし」

「地道に正直に。きみにはそれがあるだろ」

出たいという思いも彼の中には十分にあったのだ。保土ヶ谷のグラウンドに立ってから、西崎くんはずっとヘッドキャップを握りしめていた。思いの半分は。

後半最初のチャンスは大磯東。キックオフボールを相手が落とし、マイボールスクラム。そのスクラムを、西崎くんはものすごい瞬発力でめくりあげた。相手のディフェンスの足が止まる。そうなればやりたい放題だ。その後の相手フォワードは、さらに精彩を欠く。突進する、決して速くはない西崎くんの姿を恐れるようになった。正直な、真正面からの闘い。不器用なら不器用で、自分の力の示しようがある。西崎くんは七分間、それを全身で示したのだ。

この大会は、優勝ティームを決める大会ではないし、上位大会もない。それでも大磯東フィフティーンは、実力校の実力校としての力を体感し、競った試合でキツイ中での勝機を見出す体験もし、そして二年生世代だけでの大勝を手にした。本当に得るものの多い一日だったな、と最後のミーティングで基は締めくくった。保谷くんの大きな掌で頭をもみくちゃにされて、西崎くんの表情の緊張がほどけて、くだける。

「ラーメン食って帰ろうぜ。家系！」

「どっか美味いとこ、知ってんのかよ」

「並ぶのはヤだぜ」

口々に、せっかく横浜に来たんだし、と。でも佑子にも分かる。今の彼らの満足感。やり切った一日。去年に比べて、すっかりたくましくなったその背中。

「ユーコ先生」

基のクルマに荷物を積み込んで、その報告に来た海老沼さんの表情が曇っている。そういえば、大勝した試合だったのに、愛甲高との試合中は、彼女の大声が聞こえなかった。

「私ね、あたし、先輩が引退するの、ヤだ」

「まだ、引退なんかしないじゃない」

「でも、でも、いつか引退するでしょ。あたし、今のままがいい。何ンにも、変わってほしくない。明日も明後日も、ずっと、今のままがいい、の」

まあるい頬を、涙のしずくが駆け降りる。幼い子どもが、とっても悲しい事実を知ってしまった時のように。

佑子はその小さな肩を、そっと抱き寄せた。彼女の身体の中にある熱が、掌に伝わってくる。

◆

佑子のクラスに、新田(にった)ありすという生徒がいる。小柄で、銀ぶちの眼鏡をかけた顔を、いつも伏せている。授業では生真面目な顔を黒板に向けているけれど、例えば佑子と目が合いそうになると、さっと目を伏せる。その横顔は、ともすれば冷たい印象さえ漂わせているのだけれど。

入試の、学科試験では同学年で三位に入った高い学力があることははっきりしているのだが、どうにもコミュニケーションが取れない。四月の面談週間ではクラスの全員と一対一で話した。が、彼女とは会話が成立しなかった。全ての問いかけに、首を横に振るか頷くかで対応し、肉声を聞くことがなかったのだ。

生徒支援担当の先生が中学校訪問をして、課題を持つ生徒の一覧を作ってきてあった。鍵のかかる学年ロッカーの中に、様々な生徒の情報をまとめた書類があるのだ。その一ページに、新田ありすの名はあった。

シングルマザーの家庭。でも、昨今そんな状況は珍しいものでもないし、新田さんは服装も持ち物も清潔できちんとしている。荒れた雰囲気はまったくない。書類では、コミュニケーションに課題あり、と。発達障害の可能性もないではないが、医療へのアクセスはしておらず、診断もない。中学時代には勧められたカウンセリングも、頑なに拒絶したのだという。

「そんなの、先生側に問題があっただけでしょ」

部活は、普段通り動いている。バックスを指揮する足立くんも、フォワードをリードする保谷くんも、何だか貫禄がついてきた。

小山さんが新田さんと同じ中学出身だと知って、佑子は部活中の合間を見て、彼女のことを聞いてみたのだ。ありすちゃん、中学の時どうだったの、と聞いてみただけだけれど。

「ありすはね、すっごく潔癖だしすっごく真面目だけど、色眼鏡で見られるのがヤなんだ。お父さんいなくて可哀想、なんて言われたら、絶対関係拒否るから」

「小山さん、ずいぶん理解あるんだね」

「んー、あたしの感覚で言えば、オトナの方がバカなんだね。子どもが、辛い気持ち抱えてる時にも、無神経に踏み込んで来ようとするじゃん、先生って」

中間試験が終わって、六月の二つの七人制大会は全部敗戦で終わった。でも、夏に向けてラグビー部の活動は熱を増してきている。昨年と同様に、菅平ラグビーアカデミーにエントリーした。夏休み期間の練習試合や合同練習など、スケジュール的なものについても一通り整理出来ているので、少し気持ちが楽になっていた。雑談のノリで話してみたのだが、小山さんが内に秘めている感情も単純なものではなかったのだ。

でも、含み笑いをしながら小山さんは言う。

「いっそ、ありす、ラグビー部に誘っちゃおうか」

次の土日は文化祭だ。そういえば、バンドは？

「こう言ったらユーコ先生に誤解されちゃうかな。私、バンドの支配者になってます。だからライヴもばっちりです」

その含み笑いが、真実を告げている。先輩たちを屈服させてしまったのだろうか。

文化祭のステージで、その姿は十分に発揮された。二年生ラグビー部員たちは、完全に小山さんのバックバンドになっていたのだが、本人たちはそれで満足そうに演奏していたので、それはまあいい。岩佐くんのベースが遅れ気味になるのも、愛敬ではある。

分からなかったのは、そのライヴの間、ずっと新田さんが佑子の隣にいたことだ。周りの生徒たちはノリノリで飛び跳ねていたけれど、彼女は微動だにせずにステージを見上げ、時に佑子の横顔に視線を向ける。その都度、銀ぶち眼鏡がきらりと光る。

エイトビートを疾走し続けた石宮くんの、クラッシュショットが響いてライヴは終わる。無粋な担当の先生の、何の理解もない指示に従って撤収しなければならないのは、まぁ文化祭の宿命ではある。照明の灯った体育館のフロアで、新田さんは佑子を見上げた。

「楽しかったですね」

少しの興奮も感動も感じさせない、でも、律儀さの中に何かを求めている言葉にも感じられる。小山さんが、ステージから飛び降りてきた。短いスカートがひらりとするのにも、彼女は無頓着だ。

「ありす。言いなよユーコ先生に。ラグビー部のマネージャーやらせてくださいい、ってさ」

「はい。です」

ちょっとずっこけそうになったけれど、佑子は新田さんのぎこちない、でも真っ直ぐな笑顔を初めて見た気がする。

「もう今日から活動するのよ。よろしくね」

新田さんは、その活動に早速合流してくれた。もう暑いのに体操服の上着を着込んで、前のファスナーを首元まで閉めて。

でも、文化祭という非日常があったせいか、部活の空気は少し浮ついている。後夜祭といっても五時半には終わってしまうイベントの後、基礎練習に限定してグラウンドに出る。軽いランニングと、基本的なコンタクトスキルの練習だったのだが、トラブルはそんな時に起こる。

滋田くんが、不意にグラウンド中央でうずくまった。周囲の部員の大慌ての声。二年生のマネージャー二人は部室の片づけ中だったので、佑子は一年生マネージャーの二人と一緒に、メディカルバッグを持って走る。部員たちがパニックになるのも道理で、左目を押さえた滋田くんの指の間からは鮮血がもれている。

「トモくん。返事できる？」

佑子が問いかけると、滋田くんはこっくりと頷いた。

「目、なのかな？　それともまぶたかな？」

「目じゃないと、思います」

「あかりちゃん、タオル出して。クリーニングしてある清潔なタオル」

佑子はそのタオルで傷口を圧迫しながら、新田さんにも声をかける。

「ありすちゃん。保健室に行って養護の先生の応援を頼んできてくれる？　トモくん、痛みは？　出血に驚いたのかな？」

傷口の様子から見て、おそらく接触時にまぶたをカットしたのだろう。

「足立くん。クールダウンして今日は上がりなさい」

不安そうに滋田くんの足元の血液の痕を見下ろしていた足立くんは、気を取り直して部員たちに指示を出し始めた。

佑子が保健室から駆け付けた養護の先生に応対しようとすると、小山さんが身を乗り出して私が、と言う。少し目が光ったのは、なぜ？

夏休みに入ってすぐの土曜日、午前中は部活の練習だ。

「ちょっと、足首テーピング頼もうかな」

みんながグラウンドに出て行くタイミングで、風間くんが言い出した。二年生のマネさん二人は、スプリンクラーも十分に整備されていない大磯東高ゆえに、かさかさに乾いたグラウンドへの散水に一生懸命だ。佑子が風間くんに頷くと、風間くんは言うのだ。

「あのさ、先生のテーピングって、優しすぎるんだよね。オレ、もっとぎっちぎちにやってほしいワケ。そこいくとさ、あかりちゃんのテーピング、フィットするのよ」

ちょっと微妙な笑顔で、小山さんがテープを取り出す。

「キツめのテーピング。あかりちゃん、ちょっとエス？」

パイプ椅子に腰かけて左足を投げ出した風間くんに、小山さんは遠慮なく言うのだ。

「先輩、足クサいよ。テーピングの前に足洗ってきてよ」

それでも風間くんはその言葉に従って、水道までケンケンで行って足を洗ったりする。

先輩の先生に誘われて短いドライブ。ファミレスで昼食をとりながら、だんだん佑子の気持ちは落ち着きを失っていく。この午後から、保護者を加えての三者面談を予定している。土日は職業を持っていて平日を空けられない保護者に向けて。コッチは土日も平日もなしだぜ、という同僚の嘆きも聞こえはしたが、こればかりは仕方ないことだと割り切るしかない。どのみち、部活で学校に来ているのだし。

入学以来、深刻な課題を浮かび上がらせた生徒は多くない。佑子のクラスでの最大のビックリは、佑子名ざしでの警察からの電話だった。とはいえ、違法駐輪で引っかかった自転車のステッカーが、佑子のクラスの男子生徒のものだったから。本人に聞いてみたら、自宅前から盗まれた自転車とのことで、盗難届は提出済みだった。その後は現場の向かいのコンビニが備えていた防犯カメラの映像から自転車盗の常習犯が捕まる、というオマケがついた。

クラスのことで言えば、個々の課題はもちろん四十人分あるのだけれど、昼下がりからの三者面談は無事に予定通り進んだ。その最後は新田ありすちゃんだ。

「母です」

外の陽光が痛いほどの中、それでも教室内はエアコンが効いているから、首元をハンカチで押さえていたお母さん方も、席に着くと落ち着いてくる。佑子にしてみれば、みんな先輩ではあって、もしかしたら頼りない担任と見られているかもしれない、という不安は消えないのだけれど、逆にその若さに期待されたりする言葉も頂いた。そんな中で教室に迎えた新田ママは、新田さんからの紹介とともに席に着いた。でも、必要以上に控えめな姿勢で、逆に何かを隠している気配さえ感じる。現在シングルマザーという状況にあることも、あえて訊けることではないし、佑子はどう会話を始めていいのか、正直言って困った。

新田ありすは、生活態度も成績も、まったく問題なし。なのだけれど、そんなことで片づけていいとも思えない。彼女が学校生活のそこここで、誰かと語り合ったり笑い合ったりしている場面を見たことがない。ご家庭ではどうですか、と訊いても、帰宅が遅くなることも多いというお母さんは、コメントをしきれない様子。

妙に沈黙が多かった面談の場面で、最後に新田さんは、いきなり佑子の目を正面から見据えた。そう、何だか覚悟を決めたというような眼力で言ったのだ。

「和泉先生のね、その泳ぐ目が好き。はったりも何にもない、自信のなさが、好き。私、大丈夫ですよ。オトナは信用してないけど、和泉先生は、好き。カッコつけないし」

あ、この子、バルちゃんなんだ。そう思った。誰も頼れないって思いながら、必死で自分を保とうと、それでも誰かとのつながりを求め続けたバルちゃんの精神史を、バルちゃん自身が正面から語ったわけではない。でも、何となく佑子も、彼女の独白、まぁそのうちの多くはお酒とともにではあったけれど、それを聞いてきた。学校の秩序とか制服とかヘアスタイルとか、守らなければならないと言い聞かせられた、どうでもいいことの枠組みを踏み外すこともできず、でもオトナにとって都合のいい子どもであることにも納得できずにいる自分。そんな、十代後半。

ありすちゃん、自分を解放していいんだよ、と、言いたかったけれど、佑子はその勇気を持つこともできなかった。最後まで目を伏せていたお母さんを目の前にして。

◆

青くかすみながら夏の太陽を反射している信州の山並みは、懐深く歓迎してくれているように見える。上田菅平ＩＣを降りたバスは、じわじわと標高を上げながら、高速道路での軽快さを忘れて、着実に進んでいる。ダム湖が見えればもうすぐ菅平。今年も来たんだな、と思う。佑子たちの葉山高校の夏合宿は山中湖だったけれど、去年の経験でラグビー部員が菅平の夏を過ごす意味が分かった。練習も試合も、夏の日を菅平で過ごしたことで得られるのは、おそらくはアイデンティティ。大げさだろうか。でも、ラグビー部で高校時代を過ごすのなら、体験させてあげたい夏の日々だとも思う。

昨年の、龍城ケ丘高との合同合宿では山本先輩に甘えるばかりで合宿の日程は消化されたけれど、今年の指揮は佑子に委ねられる。コーチングの部分ではラグビーアカデミーの先生方や基に頼ることにはなるのだが、ティーム全体のコーディネートは佑子が仕切らなければならない。

お金の管理やら食事や部屋割りやその清掃、練習時間帯以外のタイムマネージメント、怪我などの不測の事態への準備、心配事は次々に襲いかかるようで、正直に言えば、練習や試合が具体的に始まってしまうと何だか安心するという、心理面の負担は逆転した数日になった。それでも、グラウンドからトウモロコシの畑の脇を通りながら、夕方の菅平の風景の中を宿に帰るのは、それはそれで充足感のある一日の終わりではあった。

驚いたのは妹尾くんの食事、そのご飯の量だった。とにかく際限なく食べる。いただきますの挨拶はみんなで声をそろえて言うのだけれど、次の瞬間にはもうお代わりをしている。学校で時折見る彼のお弁当箱の大きさもそうなのだけれど、妹尾くんはご飯を、食べているのではなくて飲んでいるのではないのか。確かに大柄でしっかりした体型の妹尾くんだが、決して太ってはいないのが不思議だ。もちろん、身体を使い続けている部員たちみんな、健全な食欲を示してくれる食事のシーンは快さを感じもするし頼もしい。

「まんちゃん、満腹ってしたことある?」

隣に座ることの多い磯部くんは、両頬にご飯を満たして幸せそうに咀嚼する妹尾くんに言うのだ。その磯部くんは、佑子が不安になるほどに食が細い。フライに添えられたキャベツの千切りを、一本一本つまんでいるような食べっぷりなのだ。でも磯部くん、好き嫌いもなくちゃんと完食するのだけれど。

幸い、重大な怪我を負った部員もおらず、夕食が済んでしまえば部員たちは部屋でリラックスしているのだが、マネージャーさんたちは、汗の染みついた、それでも翌日に使用するユニフォームの洗濯とか、一日を過ごしてみればぐちゃぐちゃにかき回されているメディカルバッグの装備品の再整理など、こまごまと働く。

そうした場面で見事な連携を見せたのが、末広さんと新田さんだった。ともに生真面目で几帳面。いったんすれ違ったら二人の関係がややこしくなること必定だったのに、この二人は妙に気が合うみたいで、佑子にしてみればかゆい所に手が届くどころか、かゆくなる前にケアしてもらえる程の行動力を見せた。責めるつもりもないけれど、その分海老沼さんはハイテンションで試合の応援ボイスに集中したし、小山さんはほぼ専属の看護師の様相で活躍を見せ、練習前には彼女の前にテーピング待ちの列ができたのだった。目を見張る佑子に、小山さんはしれっと言うのだ。

「いずれ、看護師になるつもりなんで」

あ、アイドル目指してるんじゃなかったの。

「ジュンも、先を読んで密集にアプローチできるようになったな。まぁそれは、フォワードの密集形成がスムーズになったからだってのもあるけど」

合宿の最後の晩。宿のロビーでミーティングになった。この夜は宿泊しているのが大磯東のメンバーだけだからそれも可能になった。試合を撮影した動画をモニターで見ながらのミーティングで、基が、その日の試合を解析しながら話し出す。

「ただな、密集にアプローチしていくジュンの目線、どう思う？」

テンポよく攻撃してゆく、つまりはティームとして納得できたアタッキングシーンなのだけれど、基はそこに注文をつけようとしている。

「足立しか、見てないだろ。相手に冷静な目を持ったヤツが一人いたら、ディフェンスは決めつけてやれる。きみたちには、相手の目線に立った戦略やイマジネーションが足りない。いや、ない」

自己満足なラグビーなんだと、基は言っているのだ。だから、実力が劣るティームには大勝できるかもしれないけれど、そうじゃない相手には勝てない、と。

そこから、佑子には信じられないことでもあったのだが、基はナインシェイプ、テンシェイプというアタックのビジョンとディフェンスの基礎理論を延々と講義したのだ、生真面目に。基がそこまで冗談もなく、笑いを取ろうともしないで話すのは稀有なことなのだ。理解の届かない一年生や一部の二年生はだんだんウトウトしてはきたのだけれど、足立くんや保谷くんの目は輝きを増す。佐伯くんが何か言いたげにもぞもぞする。

「山、下りたらグラウンドで試してみようぜ」

基がそう締めくくった時には、リノリウムの床で何人もの部員が寝息を立てていた、のも仕方ないことなのかもしれないが。

◆

稲村ケ崎高、夏島高、望洋高、龍城ケ丘高と、合宿後の夏休み中にはこの間に縁があったティームと、合同練習や練習試合を組んでもらった。でも基からあった提案と練習の成果はなかなか実らない。

アタックでのシェイプとは、密集からのマイボールの供給先を複数用意する方法論だ。密集に近い所にフォワードがスタンバイして、スクラムハーフからのボールを前めのフォワードで攻めるか、バックスに展開するかという複数の選択肢を用意するということ。そのためには、少人数でも堅実に素早く密集からボールを出さなくてはならないし、フォワードの機敏な動きが求められる。ポジショニングも重要で、ある種のセンスが求められる部分もある。

すんなりその理屈を理解したことを示したのが、一年生では川之江くんだった。りょーさんという呼び名は、彼の太くて真ん中に寄った眉毛の存在感からなのだが、しかめっ面に見えるその口元から、ぼそりと先輩に対するアドバイスさえもれてくる。

「テラさん、もっと浅く。ケータさん、そこじゃない。ヨーイチさん、早く！」

まぁ、後輩から言われながらも真剣に修正しようとする二年生たちもまた、素直で可愛いのだけれど。

ウィングに入ったかっしーこと柏倉くんは、そのちょこまかした動きで個性を発揮し始めた。前田くんの爆発的な走りとは違う、それはそれで展開を面白くしてくれそうではあるのだが、仲間にもその動きが読めないという欠点もある。

そしてまた、右に左に首を振って始終声を出し続けているのが佐伯くんだ。ゲームが動いている時には、それはうるさくは感じない。むしろティームのリズムを、エイトビートで作り出しているかのよう。

その真ん中に立って、タクトを振っているのが足立くん。メンバーのみんなが、いつも必ず一瞬、足立くんを見る。彼の目線から何かを汲み取ろうとするように。そしてそれが、足立くんのキャプテンシーなのだ。ミスが連続したって、大磯東のカラーが、いよいよ出来上がってきたかのようではある。

「失敗を繰り返したっていいの。練習試合で失敗したって何も損しないんだから。ただし、なぜなのかは考え続けなさい」

炎天下の、相模湾からの海の風が吹くグラウンドで、佑子は部員たちに言うのだ。

この、かけがえのない夏、きみたちの頑張りは、本当に眩しいよ。

きみがそこにいるということ

古びた家に、スペースはたっぷりあるから、何人か集まっても余裕はある。そのリビングで、バルちゃんを除いた四人は、弛緩した顔を並べて大時代なスピーカを見つめている。コンパクトで高性能な機材は今時いくらでもあるが、基はその父が残したオーディオセットを後生大事に活用しているのだ。

で、このセットではＬＰレコードが聴ける。もはや音楽ソースはネットからダウンロードする時代ではあるけれど、回転するアナログの円盤からピックアップされる「昭和の名人」の一席は、ソフトなリアリティーを持ってスピーカからこぼれてくる。爆発的な笑いではなくても、ほのぼのと、心の底からリラックスした笑顔になれる。

人間って、人間の声を聞くのが好きなのだ、と、何だか納得させられてしまうのは、名人ゆえの芸の力なのか。

この音源を発掘してきたのはヒロさんなのだ。新しい職場の鵠沼俊英高校の数学科が、夏休みを機に教材準備室を大掃除したそうだ。そのロッカーの最も奥深い所に、そのＬＰ

レコードは埋もれていた。それがなぜそこにあるのか、誰も分からない。どのみち今や再生する手段もないからと、それは廃棄処分の対象になった。ぎりぎりのタイミングでそれに気づいたのがヒロさんだった。昭和三〇年代の落語の録音は、名人とされている師匠のものはCD化されているものも多いだろうけれど、LPで聴けるというのは貴重だ。ヒロさんは、それらが廃棄物となった瞬間に回収し、今こうして生き返らせているわけだ。目を輝かせてスピーカを注視している恵さんの口元はだらしなく弛緩して、美貌が台無しになって、でもそれはそれで素敵な表情ではある。

八代目桂文楽の「明烏（あけがらす）」で、朝の甘味はオツだと甘納豆を食べる場面になったところで、基がやおら立ち上がる。

「バルちゃん、なんか食わしてよ」

「ちょうど支度ができました。今日は和です」

ヒロさんと恵さんは目を見交わす。

あえてエアコンを切って、網戸に蚊取り線香という情緒にしたのは恵さんなのだが、お酒だけは、とヒロさんがみつくろってきて冷蔵庫で冷やしていた日本酒の一升瓶を、基が俊敏に取りに行く間、バルちゃんが運んできたのは赤貝とシラスの酢の物。添えられた深い緑はアオサ海苔だ。

ヒロさんがセレクトした日本酒は、故郷の新潟のものではなくて山形の特別純米酒。吟醸じゃない方がゆっくりじっくり楽しめるからね、と。

続いて、大きな鉢にバルちゃんが盛りつけてきたのは、深い味わいの鰹出汁に浸った金色の鮮やかな麺状のもの。佑子は初めて見る。

「そうめんかぼちゃです。みなさん、夏の疲れがあると思って、最初は幾つか、酸味のあるものを」

嫌みのないシャキシャキとした歯ごたえが、庭先で響くオーシーツクツクという蝉の声に重なる。口の中の酸味と出汁の風味をこっくりとした純米酒で洗うと、鼻の奥から微笑みが押し寄せてくる。幸せだ、と、佑子も思う。ヒロさんの目も、もう線になったままだ。

「ちょっと、なによこの贅沢。バチ当たっちゃうじゃない」

次のひと皿を見た恵さんをして、ここまで言わせるのは並大抵じゃないのだが。

「菊のお浸しです。新潟のカキノモトっていう食用菊なんですけどね。みなさん、生牡蠣大丈夫でしたよね」

香り高い菊の花弁の横に、三陸産の大ぶりな岩牡蠣の身。クリーム色とも見えるその身は、もう色っぽいと言っていい。贅沢にも、基は銘々の小鉢によそわれた菊と牡蠣を一息に口に頬張った。

「少し落ち着いていいですか？　山形のお酒だっていうので、芋煮、作ってみました」

里芋と牛肉と、玉ねぎ、牛蒡、玉こんにゃく、人参、鮮やかな緑のエンドウが、大きな鉄鍋で湯気を上げている。

「山形の人が食べたら、違うって言われるかもしれませんけど」

それと、と言って並べたのが野菜のピクルス。胡瓜とパプリカ、ミニトマトとペコロス。砂糖は使わず、沖縄のもろみ酢だけで漬けたものだそうだ。

腰を下ろしてヒロさんからの一献を受けながら、バルちゃんはほんのり微笑むのだ。大ぶりな里芋をもぐもぐしながら基は、見開いた目玉で称賛のメッセージ。

「いいなァ。こんな時間が夏の終わりにあるって、ホント、いいよね」

恵さんはそう言って、清らかな首筋を見せながら日本酒のグラスを傾ける。

落ち着いていいですか、と言いながら、お酒を一口だけ味わっただけでバルちゃんは立ち上がる。

「ちょっと和から外れますけど、こんなのも合うかなって」

殻付きのホタテの蒸し物が出てきた。ちょっと風変わりな、何だか懐かしさを感じる香りが漂う。

「青森のホタテに、白髪ねぎと生姜と香菜をあしらって、紹興酒と醤油味で蒸しました。日本酒とも合うと思うんですけど。香菜は、ウチのベランダで育てたんですよ」

「この香り、パクチーなのね。あはぁ、やられたって感じ」

「これは美味い。いいね。ホタテのコク味がずっと広がって。ぎりぎり、生じゃない」

恵さんもヒロさんも、讃辞を惜しまないけれど、佑子だってそれは同じだ。

「ねぇこれ、一人イッコなの？　もうないの？」

基、きみは駄々っ子か。

平茸の炊き込みごはんと、豆腐の味噌汁にアオサ海苔と九条ネギで風味をつけて。炊き込みごはんにトッピングされた笹がき牛蒡の素揚げが、何とも言えないアクセントになってみんな無言になる。新潟の巾着茄子と庭で採った茗荷の浅漬けが絶妙にさわやかだ。もう満足なんてものじゃないという段階になると、恵さんはお酒のグラスを抱きながら自分の世界に入ってしまう。鎌倉で買ってきたわらび餅を蜜も何もつけずに時折口に運びながら。ヒロさんと基は例によって縁側で差し向かいで、今日はバリ島の舞踊の話をしている。

「バルちゃんさ」

目だけで「ん？」という応答をして、バルちゃんは少しだけ佑子に向き直る。眉の線でぱっつり切った前髪の下で、少女のような目が笑う。今日は眼鏡を外してるけど、コンタクトレンズにしたのかな。

「これだけのレシピ、どこで仕入れてくるの？」

「仕入れてるんじゃなくて、何となく、自分で考えてるんですよ」

「正直言って、職業になるレヴェルじゃないかな。私、感動するもん」

「だって、素材とか味つけとか、ぜんぶ目分量とアドリブですよ。人に紹介したり、不特定多数の人に提供できるものじゃないですよ」

「でもそのセンス、並みじゃないよね」

あははは、とバルちゃんには珍しく、佑子の肩に手を乗せるボディランゲージ。あれ、今日はちょっとお酒のスピードが速い？

「食べてくれる人のことが思い浮かばないと、私作れないんです。あの人だったらこんな風に食べてくれるかな、あの人はこんな感じが好きだろうな、とか。だからね、落ち着いたヒロ先生とか、時に辛辣な恵先生とかより、素直で豪快な基さんの食べっぷりが、私、一番好きです」

「だって、野蛮な食いしん坊なだけじゃない」

「基さん、自分でも料理するヒトでしょ？」

「うん。私には包丁触らせてくれないの」

「多分ね、どんな風に食べたら作り手が嬉しいか、分かってるんですよ。佑子さん、基さんの料理、どんな感じで味わってます？」

「考えたこと、なかった。日常だし」

バルちゃんは、手酌で満たしたグラスをくいっと呷った。ん？　スイッチ入っちゃったかな、とは思いながら、彼女の饒舌を、受け止めてもいいかな、と。

「ヒロ先生。お酒の残りが寂しくなってきましたけど」

ちょっとヤバいかも。

「大丈夫。冷蔵庫にはまだもう一本あるんだよぉー」

ばたばたした足音を鳴らして、基が持って来たのは静岡の吟醸酒。よく冷えた切れ味が晩夏の微風とマッチする。

「遠雷。いえ、雷じゃなかったのかもしれませんけど、私の一番古い記憶。そうは言っても、思いこみかもしれませんけどね。小学校に入る前に、父が死んだんですよ。浮気相手と一緒に交通事故に遭って。それが今ぐらいの季節でした。その知らせを受けた時の記憶なのかな、低くとどろいた何かの音です」

それは、聞いたことがある。

「ママは、あ、母は、父に裏切られながら、それでも私を大切に育ててくれたと思う。その母に負担をかけちゃいけない、って、子どもの頃、ずっと思ってました。ごはんの支度をして、きちんと宿題もやって、蹴られたランドセルの靴あともきちんと拭いて」

え。いじめ、っていうこと？

「バルちゃん。ヤなこと、告白しなくても」

「んん、まあ聞いてくださいよ。佑子さんにも、知っててほしいなって。だって、佑子さんも先生になったじゃないですか」

「そうだけど」

新田さんの、時にぎこちなくも見せるようになった笑顔が、ふと浮かぶ。いや、彼女がいじめの対象になっていたというわけじゃなく。

「高校に入って、沙織に出会えたのは私にとって幸運だったんですね。あの子、何の飾りもない子だし、おせっかいだし。何でも押し殺して、自分を隠し通すことで自分を守ろうとしてた私、沙織に救われたのは江ノ電の駅で海を見てた時のこと。あの子はクサいって言いますけどね、そのシチュエーション」

うふふ、と、お酒をもう一口。

「ヒトを好きになってもいいんだよ、って教わりました。自分を表に出してもいいんだよって。だから、誰かが、特に自分が好きだなって思う人が喜ぶことを、したいんですよ」

◆

秋口の地区対抗戦では県西産業と当たった。かつてのチャンピオンティーム西湘工の名残で、エンジのそのユニフォーム。でも、もう全国を制した栄光のティームではない。大磯東の方が、むしろ結束力を見せることはできた。

先制はされた。でも、着実なフォワードの頑張りで、真似事レヴェルかもしれないけれどマイボールではナインシェイプの体制を何度も試みて、一度は寺島くんが縦に抜けてトライ。前半終了間際には、しつこいほどに左サイドをフォワードで突き、転じて右オープンのバックスラインで風間くんのトライ。二本とも今福くんが綺麗にコンバージョンを決め、14対7のスコアでハーフタイムを迎える。

「アタックは、いい。このまま行こう。フォワード、バテてないか？」

保谷くんは笑顔で頷き、西崎くんは目を閉じて奥歯を噛みしめる。石宮くんが口に含んだ水を勢いよく吐き出したのも、後半に向けての決意の表れだろう。榎くんは円城寺くんと視線を交わす。スクラムでのディティールで、何か確認したがっている。

メンバーが前向きなら、細かなことを基は言わない。レフリーの笛に後半開始を促されながら、一言だけ。

「きみたち、ラグビー楽しいだろ」

澤田くんはにやりと不敵な笑み。今福くんはキックの好調さでほくそ笑む。口をへの字にしている前田くんは、たまたま右サイドにチャンスが巡っていった前半に不満があるだけで、ふてくされているわけじゃない。

「行こうか。オレたちのラグビー、やろうぜ」

足立くんの、低いけれどもよく通る声が、メンバーの背中を押す。その入れ込んだ気持ちで、ユニフォームの胸が一回り大きくなったようだ。

相手キックオフのボールを受けたのが大前くん。長い足を振って相手フォワードのディフェンスをかいくぐる。内に切ってフランカーのタックルを受けたけれど、倒れない。その腕から、ボールをもぎ取ったのが石宮くん。さらに榎くん、円城寺くん、寺島くんとつないで、相手バックスを巻き込んで相手陣中央でラックを形成。そのボールを佐伯くんが確保して、少し狭くなった左ラインに短距離のソフトなパスを出す。

「なごみっ！」

右ラインに備えていた相手ディフェンスラインは恐慌を来したが、すぐさまスピードに乗った前田くんにはもう関係がない。今日初めてのなごみ爆走。

「きゃーっ！　なごみぃーっ！」

海老沼さんの定番の絶叫とともに悠々とトライをあげる。

「あ、マズい」

冷静な末広さんの小さな声。その瞬間にメディカルバッグとともに小山さんと新田さんがダッシュする。さっきのラックの地点で、うずくまるネイビーのユニフォーム。背番号は7。岩佐くんだ。佑子も片目で今福くんのキックを確認しながら、岩佐くんの所へ走る。

「捻挫、だと思います。ラックが揺らいだ時にひねっちゃって」

小山さんがスパイクを脱がせ、コールドスプレーでアイシングしている右足首は、冷静な本人の口調とは相いれずに腫れてきているようだ。

「川之江くん、肩貸して。ワッサくん、一度引こう」

「でも、オレ、行けますよ」

「ワッサ。この後もっと大切な大会があるだろ。今日のこの後は後輩に託せ。な」

佑子の背後から基が言う。今の岩佐くんの位置に基がいたこともあったな、となぜか思い出す。自分たちが高校生だった頃。

「トモっち、頼むぞ！」

張り上げた岩佐くんの声に、滋田くんが応える。うぉぉ！と吠えて、相手キックオフに備えるフォワードの戦列に、背番号17が加わった。

普段物静かな滋田くん。正直さが学生服を着こんでいるような滋田くんなのに、公式戦の舞台に立ったとたんに豹変した。眼光鋭くボールに向かって行く。モールやラック、相手がボールを持てばタックルに、約二十分の間、彼はまったく気持ちを抜くこともなく、叫び、走り、突進する。

郷内くんが、目を丸くしてその姿を見つめる。

「トモっち、人間が変わっちゃった！」

「トモっちぃー！　行けぇー！」

「えび先輩は、変わんないけど」

スコアは31対7。快勝といってもいいのだけれど、テーピングされた右足首を氷で冷やしている岩佐くんの姿を見れば、にこにこしてもいられない。

地元の相模学院での試合でもあり、幸い、岩佐くんのお母さんが応援に来てくれていた。佑子は後のことを基に託し、応急のテーピングだけ足首にほどこした岩佐くんとともにそのクルマに同乗させてもらい、整形外科の医院に同行した。これまでの一年半、ラグビー部顧問として生徒を病院に連れて行くということが、この間の滋田くんのまぶたカットと合わせて二度目。ここに来て、活動内容の激しさが増して来てるっていうことだろうか。でも、どんな怪我でも生徒が苦しんでいるのは、辛い。

ずいぶんと待たされはしたけれど、怪我は捻挫で済んだ。靭帯の損傷などもないとのこと。

長くかかる怪我ではなさそうだけれど、デリケートな部分だけに気がかりではある。

「テーピング、どなたが？」

看護師さんが問いかけたのは、お母さんが会計に行っていた時だ。

「あ、生徒です。マネージャーの子が」

「マネージャーさんも、よく訓練されているんですね」

小山さんのテーピング、もしかして完璧？

◆

秋の大会の初戦は武蔵中原高。春に合同ティームを形成していた対戦相手だった。おそらく、一年生を獲得して単独ティームを再編成できたのだろう。もし勝てたら、横浜の子安工科高と鎌倉西高の勝者と当たる。その次はシード校で、横須賀東高。生徒たちには関係ないとはいえ、佑子にとっては恩師の山名先生のティームと当たることになる。足立くんと保谷くんには、強豪ティームの試合の入り方を見なさい、と横須賀東高のウォームアップを見学させたことがあった。そのせいか、足立くんのリードは横須賀東高の試合前の段取りの手順を取り入れていることがある。

「だから、なんかティームのシンボルマーク、欲しくない？」

二年生の誰かが言い出したらしい。試合に行けば、他ティームは応援用の横断幕を掲げたり、そろいのスポーツタオルを振って応援する人がいたりで、その点をちょっと寂しく思ったりもしていたみたいだ。

かと言って、やっぱりお金のかかることではあり、佑子としては学校の予算を使うわけにもいかないし、お金があるなら練習のための用具に回したいと思っていた。

言を左右にしたままで悪かったな、とも思うが、榎くんが土曜午前の練習後、シンボルマーク候補のスケッチをいくつか用意してきてみんなの意見を聞き始めたのだ。

「タツローさ、いつもカラスのスケッチとかしてて絵が上手いのはいいけどさ。三本脚のカラスは競技が違うぜ。それと、これ、なに?」

保谷くんが微苦笑を浮かべながらあれこれの絵を見比べている。

「あ、それはいそべえ」

「なによ、いそべえって」

「大磯町のゆるキャラ。女の子もいるよ。これ、あおみ」

「これって、やっぱ鳥?」

「知らないの？　大磯っていえばアオバトでしょ」

「アオバトって、青くないじゃんこれ」

「あのね、照崎海岸に海水を飲みに群れで来るハトなのね。体はそんな風に黄色っていうかオリーブ色っていうか、そういう色なんだけど、鳴き声がアオアオっていうんだよ」

佐伯くんが、保谷くんの手元からいそべえや、もう少しリアルなアオバトのスケッチをピックアップして、軽くため息。

「ラグビー部なんだぜ。これじゃ脱力しちゃうしさ、ゆるキャラのイメージじゃ弱っちいって。やっぱ未来っぽく、宇宙船？」

「ＳＦは一人でやってろよ」

「でもさでもさ、町役場行って、いそべえ使って町の宣伝するから予算つけてくれってかけあってみねぇ？」

「まず、ムリ」

「他のキャラないのかよ。もうちょっと強そうなの」

「吉田茂とか？」

「馬鹿かよ」

次から次に二年生一同が口を挟み、何だか意見交換どころかふざけた空気にスライドして行った。面白いので、佑子は傍にいながら事の推移を黙って見ていたのだが。

「大磯っていえば、宿場町だろ。東海道の名残もあるしさ。その辺からアイデア出せないかなぁ？」

円城寺くんは、生真面目で前向きだ。

「例えば、飛脚？」

「宅配便じゃないんだから」

「箱根とか、富士山とか？」

「それ、ウチの学校よりずっと西だし」

「カマボコとかミカンとかも美味しいよ」

「名産品の宣伝してどうすんの」

「大名行列なんて、やっぱダメだよね。小田原だったらお城もあるんだけど」

「あの、いいでしょうか」

ボールの空気抜きをしていた宮島くんが、恐る恐る先輩のグダグダな意見交換に口を挟んだ。もう、言わずにいられない、という口調で。

「新幹線は、ダメですか？　試運転で時速二〇〇キロを達成したのはまさに大磯でのことなんですけど」

「JRの許可取るのって、ハードル、町役場の比じゃないんじゃないか？　それに、新幹線の駅があるわけじゃねぇし」

「じゃあ、ウマ？」

一瞬間が開いて、ウマと言った円城寺くんに視線が集まった。

「タツロー。そういうわけで、ウマでデザイン考えてこいよ」

ぜんぜん真剣さもないうすら笑いの表情で、保谷くんが言う。

「ところで、何か食いに行かねぇ？　腹減ったじゃん」

今の今まで、黙々と特大のお弁当を食べていた妹尾くんが、ズボンのお尻を叩きながらニコニコして立ち上がる。まだ、食べるの？

◆

春先に勝利した合同ティームは、対戦相手の武蔵中原高が核になったティームだった。その相手が、おそらくは新一年生を獲得して単独ティームになったのだ。一度勝った相手とはいえ、大磯東だって楽観していい要素などない。

一年生も二年生も、そしてわずか三人の三年生も、最大の目標とする全国大会県予選。決勝は三ッ沢球技場。県代表になれば花園での全国大会につながるから、この大会を花園予選という。もちろん、大磯東にとって花園ははるか遠くにある夢だけれど、それでも積み上げてきたものをグラウンド上できちんと示したい。胸を張ってその場に立ちたい。試合会場は桂台高校グラウンド。十月最初の日曜日の、十時キックオフの第一試合だ。

最寄りの根岸線の駅には、全員が朝七時半には集合した。早めの準備と早めの行動。佑子は相手校のある活動の場合、口うるさいくらいに言ってしまう。

「先生がお母さんモードに入った」

部員たちはそう言って笑うけれど、それを守ってみんなが行動する。大磯東ラグビー部はキチンとしている、と、大磯東高の、また交流のある他校の誰からもそう思ってもらえなければダメなのだと、全員がそう信じてくれている。

だから、試合直前にベンチ前に集合した時は、落ち着いた雰囲気に包まれていた。桂台高に到着した時や着替えの最中、あるいは足立くんや基の指揮でウォームアップが始まった時などは、おそらく緊張で異様に静かだったのに、やがては頼もしく引き締まった微笑がみんなに共通した表情になった。

大磯東ボールのキックオフで、ゲームは始まる。レフリーのホイッスルと同時に、今福くんが蹴り上げる楕円球が高々と舞う。落下点でそれをキャッチしたオレンジのユニフォームに、石宮くんと榎くんの狙い澄ましたタックル。

相手に、ボールを自由にさせない。そういう立ち上がりを作れた。まだ相手の手にボールはあるけれど、そのモールを円城寺くんが、寺島くんが押す。万が一にも押し返されまいと、西崎くんが両の足を踏ん張る。相手のパスバックを狙って、大前くんと岩佐くん。普段の善良そうな笑顔は消え失せて、猛禽の目でサイドを見据える。

おそらく、武蔵中原のスクラムハーフは一年生なのだろう。圧力を受ける中でのパスバックを失敗した。相手スタンドオフの足元でバウンドしたボールを、勢いよくセービングしたのが岩佐くん。彼はまだ、右足首が不安でテーピングで固めているのだけれど、そんなことはまったく感じさせない。大前くんがそれをオーヴァーしてボールを確保し、相手フォワードが戻り切れないうちに保谷くんが素早いサイドアタック。慌てふためいた相手フルバックとセンターを巻き込んで、大磯東フォワードが八人で、結束の強いモールを作る。先制トライまで、ノーホイッスル。

「わ！　わ！　わ！　わぁー！　やったぁー！」

海老沼さんは、叫びながらも給水ボトルとキックティーを持って今福くんの元へ。末広さんと新田さんはハーフウェーで他のメンバーに給水。小山さんはコンパクトにまとめたメディカルバッグを肩にかけて、全員に声をかけて回る。なんとスムーズな連携。

タッチジャッジに入っている郷内くんが、高くフラッグを上げ、レフリーのゴール認定のホイッスル。でも、理想的なのはここまでだった。

武蔵中原の五人の三年生のうち、三人がバックロー。すなわちフランカーとナンバーエイトだとメンバー表で分かる。あとはスタンドオフとフルバックに三年生。おそらくは、この五人は秋まで頑張って、この試合にかけていたのだ。

相手キックオフ後、ボールを持つ大磯東のメンバーには、この五人が必死に襲いかかって来る。マイボールが、自由にならない。彼らのプレッシャーが集中したのが、足立くんだった。いつも佑子が、コンダクターに例えて見守る足立くんのボールさばきは封じられ、泥くさいボール争奪戦に変わった。

ボール支配率は圧倒的に大磯東なのに、前に出られない。

「足立先ぱぁい！　焦っちゃダメ！　落ち着いて、落ち着いてぇっ！」

落ち着きを失っているのは海老沼さんだし、その声に応えて片手を上げることもできた足立くんなのだが、苛立ちは募っていたのだろう。

前半残り十分くらい。相手陣に何とか入った密集サイドで、武蔵中原がオフサイド。ギリギリのところで意地を張っているのは、相手だって変わらない。

「点取って前半終わろうぜ」

今福くんが足立くんに言うのが聞こえた。

狙い撃ちされているスタンドオフに、リセットの一時を与えようとしているんだろう。

滋田くんが、キックティーを持って走る。レフリーが示すポイントは、相手陣一〇メートルラインからやや進んだという程度の位置。ゴールポストまではまだまだ遠いが、正面ではある。

慎重に、じっくり助走を踏んだ今福くんのキックは、確信を持った軌道を描いて宙を駆けた。三点を加えて10対0。でも、ハーフタイムは、まだ。

相手キックオフを受け、大磯東のモール。確保したボールをタッチに蹴り出せばリードしてハーフタイム、のはずだった。しかし、イチかバチか、だったんだろう。相手フランカーの手が、足立くんの右足の前に伸びて来た。チャージされたボールが、大磯東のゴールラインに向かって転々と転がる。

今福くんとの競争に、相手スタンドオフは勝った。インゴールに押さえられてトライを失い、相手コンバージョンは失敗して10対5でハーフタイムを迎える。

「ゆうき、ジョータロー、どうするよ。オレら、逆転されたら終わりだ」

その表情は、危機感で引きつっているわけでも、焦っているわけでもない。足立くんの表情は、この状況を楽しんでいる。それを見た指揮官としての基は、言葉をのみこんだ。追い詰められていたのは、むしろベンチサイドだったのだ。信じること。佑子にできる事は、それだけなのだ。

「足立さ、お前が仕掛けたいこと、何かあるんだろ。乗ってやるよ」

「あはは。オレもまさか、ゆうきのヤローと、こんな楽しいことやることになるとは思ってなかったけどな」

足立くんは、給水ボトルのふたを取って、中身を風間くんと今福くんに向けて振った。二人の顔に水がかかる。でも、瞬きもしない。

「こんな楽しいこと、来週もやろうぜ」

「先輩、エネルギー源です」

新田さんが差し出したのは、チョコレート。かつて風間くんが今福くんの机から盗み食いした銘柄とは違うけれど。

「普段のゲーム中だったら、チョコなんて食わないけどね。ありすちゃん、サンキュ」

今福くんは、小さなかけらを口に。風間くんはわざとチョコのかけらを放り上げて、器用に口で受け止めた。

相手はディフェンスにかけてきている。後半のキックオフが相手ボールだというのも、大磯東にとっては不安要素になりそうだ。でも、保谷くんが吠えた。フォワードでボールキープだ、と。相手が大磯東ボールの広い展開への対応で勝機を見出そうとするなら、フォワードサイドでじっくり攻めてやろう。オール二年生のフォワードは、密集戦で負けていない。体格はなくても、低く、低く、決してあきらめない自分たちのフォワード戦を貫く。

我慢対我慢。点数は動かないまま、時が過ぎる。

多分、足立くんは分かっていてそれを選択した。春に相手校にとどめを刺した形になる風間くんへのキックパス。ライン攻撃にプレッシャーをかけ続けた相手バックロー陣は、足立くんがその選択をすることを待ち構えていたのだ。

大磯東ボールの左サイドのラック。佐伯くんから足立くんへのパス。それまでのほとんどをフォワードのサイドアタックの選択に費やしてきたから、これは彼らにとって大チャンスに映ったはずだ。そして足立くんも、一瞬蹴るモーションを見せる。それに反応した相手フランカーの、一瞬の逡巡。蹴るのか、それとも。

けれども、ギリギリのタイミングで澤田くんへのパス。すぐさま椎名くんへのパスと見せて、その背後から走り込んで来た今福くんにボールが渡る。何のことはない、カンペーというよくあるサインプレーなのだけれど、それまでに打ってきた布石が物を言う。前のめりの相手ディフェンスの裏に簡単に出られた。今福くんは右にステップを切って相手フルバックを引きつけ、満を持した風間くんがクロス。三年生三人の、悠々たる作戦勝ちのトライをあげた。

このトライが、決定的な得点になった。

つまりは、相手の心を折った。両者ともに積み上げてきていたもの、三年生が作ってきた何か。それが大磯東の方が少しだけ上回っていたことのしるしだったのかもしれない。17対5という点数だけじゃなく、おそらく両校のラグビー部員みんなに、この後半は何かを残したに違いない。号泣している海老沼さんはともかく、無表情の基も、緩やかな笑顔の佑子も、無条件の称賛を彼らに贈るしかないのだ。

◆

部活がオフになった月曜日の放課後、榎くんと宮島くん、それに新田さんが職員室にやって来た。白い紙が欲しいと言うので、佑子はＡ４のコピー用紙を数枚渡したのだけれど、それから何度もやって来ては紙をねだった。

「ねぇ、何を書いてるの？　教えてよ」

「先生には明日の昼休みにお教えします」

新田さんが感情のない声でそう言うのだが、どうも三人が作業をしているのは佑子が担任する1年Ｂ組の教室のようだ。何か間違いや悪さをするとはとても思えない三人ではあるけれど、秘密があるのは気持ち悪い。その放課後に取り組んでいたのは来週の授業の準備だし、佑子は作業を中断して、そっと教室に向かった。でも、教室横の渡り廊下を通る姿が見えたためだろう。Ｂ組の教室から大慌てで、紙の束を抱えて走り去る宮島くんの背中が見えただけだった。

その作品が、大磯東ラグビー部のシンボルマーク案だったのだ。

タテガミと尾をなびかせて疾走するウマのシルエット。大きく開いた口とダイナミックに大地を蹴る足の線がそのたくましさを際立たせている。背景にはやや縦に細長い二等辺三角形があって、大地の位置に、太い文字でＯＩＳＯ・Ｅと入る。その下は寄せてくる波。その波間には、数羽の鳥。

彼らにあげた覚えのない模造紙一杯に、ネイビーのポスターカラーで描かれている。昼休みに社会科教室に呼び出された佑子に、この作品が示されたのだ。

「先生に貰った紙で何枚も何枚もアイデア出してラフスケッチ描いて。ありすちゃんのウデがなかったらこのウマは描けなかったよね。どうですか？」

榎くんは、自信満々という表情で、小鼻がふくらんでいる。

「今日の部活でみんなに見せます」

宮島くんは、大役を果たして満足そうだけれど、このデザインをどう生かせばいいんだろう。みんなに見せるという前提で巨大な作品にしたのだろうけれど、学校にある機器では模造紙の縮小コピーはできないし。

「それはそうと、この模造紙はどうしたの？」

「あ、生徒会室でもらいました」

なるほど。

「ウマはいいんだよね。でもさ、その後ろのサンカクって、何？」

練習場所の防球ネットにガムテープで張り出された模造紙を見て、保谷くんはシンボルマーク案に、ぼそりと言う。

「あ、それは湘南平の鉄塔です。ちょっと抽象化しちゃいましたけど」

説明係は宮島くんらしい。湘南平の鉄塔はデートスポットとしても有名だったらしいけれど、佑子は行ったことがない。行かなくても、学校から丘陵を見上げればいつでも見える。メインのウマを描いたらしい新田さんはポーカーフェイスで、末広さんと一緒にいつも通りの給水ボトルの支度に余念がない。

「このちっちゃい鳥さ、何だかかき氷の旗みたいだし」

佐伯くんの連想に、数人が笑う。

「でも、アオバトですよ。榎先輩が波間のアオバトは落とせないって」

「波はいいんだよ。世界史の授業で和泉先生が言ってた。ギリシアのポセイドン神のシンボルがウマなのは、寄せ来る波のイメージから来てたらしいし」

寡黙な寺島くんが、不意に。

「そういえば、ラグビー部っていうメッセージもねぇじゃん」

「だね。サンカクより楕円じゃね?」

何にもしないくせに文句はつける。そんな二年生たちへの榎くんの苛立ちはいかばかりか。宮島くんはかなり悲しげな顔になってくる。

「でさ、このシンボルマーク、どうやって活用すんのよ。公式戦に模造紙の横断幕持って行っても、むしろみじめじゃん」

「他所のティームはさ、ユニフォームのエンブレムとか、長く使える防水の横断幕とか、あるよね。でも、ウチのティーム、お金ないからね」

佑子の胸は痛む。彼らの小さな、でもオトナがどうにかしてあげないといけない屈託。学校自体には長い伝統はあることはあるのだけれど、ラグビー部の活動が細ってしまって以来、ＯＢとの関係もぼやけてしまっているらしいし。

「分かりました。これで、どうでしょう」

不意に、小走りにやって来た新田さんがＡ３の紙を取り出して、マジックで新たなデザインを、それこそ一気に書き上げた。でこぼこした古い机の上でのことだから、線はゆがんだりかすれたりしたけれど、横長の楕円の真ん中に打ち寄せる波とその上にかぶさるように疾走するウマの姿。楕円の上部の弧に沿ってＯＩＳＯ・Ｅのロゴ。ずいぶんスッキリした。

「おい、いつまでやってんだよ」

苦笑いを含んだ足立くんの声に促されて、部員たちはグラウンドに出る。でも新田さんの新しいデザインには、何だかみんなが納得していたような気がする。

「ありすちゃん、ありがと。ここから先はオトナの仕事にさせてもらうね」

佑子には、もちろん自分で何かをできるアイデアもなかった。例えば、ネイビーのユニフォームには、右胸にメーカーのロゴ、左胸に校名が入っている。そこにシンボルマークを割り込ませる余地はなさそうに見えた。横断幕がいくらぐらいで作れるのか、見当もつかない。

でも、そういうものなんだな、と思ったのは、帰り道の大磯駅でのことだ。電子マネーにチャージしようとカード券売機の前に立った。そのカード入れから、緒方の名刺が顔を出したのだ。餅は餅屋、という例えは古いかな、でもスポーツ用具のプロに相談してみてもいいのかもしれない。

翌日の朝イチで電話を入れた。メールじゃどう伝えていいか分からない。ケータイ端末の無機質の文字の群れが、何だかイヤだった。声を聞きながらの方がいい。

果たして、電話口で緒方は爆笑した。それ、ぜひウチにやらせてください、と。ラフスケッチでも、ファクスで構わないから送ってください。電子データに変換して整理して。ユニフォームにプリントするのは左腕じゃあどうでしょう。もちろん、無料サービスはできませんが、少し時間をいただければ横断幕も、提案させていただきますよ。

◆

次の日曜日の試合は、鎌倉西高であることは月曜日の新聞で知っている。この間に縁があったティームではなく、どんなティームかは分からない。が、相手は子安工科高に完勝しての二回戦ではある。その試合に向けて、足立くんのリーダーシップは研ぎ澄まされてきた。延々と練習を重ねるのではなく、今必要なテーマを掘り下げながら、短時間で練習をまとめていく。その間、部員たちの顔には一切の緩みがない。

納得という感想とともに、宵闇が早くなり始めた東海道線の上り電車に乗る。右窓に、丸くなってきた月が浮かんでいた。平日には気まぐれにコーチングに来ていた基だが、なぜだか、秋になってから公式戦とその前日の練習に律儀に来るだけになった。帰宅が夜になってしまう佑子だが、帰れば基が夕食を用意している。でも、夕食のテーブル以外では、基は深夜まで何か書きものをしていて、佑子が出勤する時点ではまだ睡眠中、という毎日になっている。パートナーというより、ただの同居人だな、と思う。

家に帰ったら、夕食のテーブルの前に、基が正座していた。

「こんなのが、できた」

あごでテーブルの上を示す。ずいぶんと分厚い、紙の束。

「なぁに、これ？」

手に取ってみる。クリップでまとめられた一番上の紙は白紙だが、持ち重りがするほどの紙の量ではある。

「小説。ラグビー部のこと、書いたんだ」

「すごい量だけど、これ、どうするの？」

「まだ分かんないけど、どうしようか。でもユーコちゃん、読まないでしょ」

「んー。確かに照れくさいかも」

「よく、妻が最初の読者です、なんて言うけどね」

「あ、私妻だったんだ、かな？」

基は苦笑いのうちに、佑子の手から紙の束を回収する。ずいぶん根を詰めていた様子もあるけれど、収入のアテになるんだろうか、という思いが浮かんで、その思いを少し恥じた。今は達成した基の、その脱力感もなんだか分かるし。

冷蔵庫のドアを開けて、冷やしてあった缶ビールを二本、手に取る。両方ともプルタブを引いて、一本を基の手に握らせた。

「完成、おめでとう！」

信じられないほどの気弱な笑みの基と、汗をかいているビールの缶を合わせる。口に含んだビールの苦みが、徐々に爽快さに変わる。やり切ったんだね、モトくん。

「でもさ、ユーコちゃんの仕事は、終わりがないじゃんか」

そう、かもね。

「足立は、大したヤツだよ。でも、保谷とか澤田とか、後が続く。滋田や郷内たちだっている。次から次へ、だぜ。高校生だった頃のオレらは、引退して卒業して、泣いたり笑ったりしてお終いだったけど。ユーコちゃん、とんでもない職業に就いちゃったんじゃないのかな」

不意に、山名先生の笑顔が、しかめっ面が、不平不満を並べ立てている口調が思い浮かべられて、佑子は少し笑ってしまった。

「そうだね。定年まで終わりがないのかもね。だったら私、お婆ちゃんになるまで楽しむことにするよ」

「何だよ、ちょっとカッコいいこと言ったつもりだったのにな」

「うん、文筆家になるんなら、まだ修業が足りないってことだね」

ちくしょう、と毒づきながら、基は立ち上がってキッチンの鍋のフタを開けた。

「自分へのお祝いに、午後いっぱいかけて作ったんだぜ。豚の角煮。泡盛使ってさ、ちょっとラフテー風味」

「それは楽しみ。うん、次は料理本なんてどうかな。バルちゃんと共著でさ」

「あーもう。感動の夕餉にしようと思ってたのに、ユーコちゃんドライだし」

本当は、ちょっと感動もしている。でも、ウエットなのは似合わないよ。

「でもな、何とか出版まではこぎつける。売れなくても。いくらになるか分かんないけど、最初の印税で、横断幕作ってやろう。な」

生徒たちと同じ。挑戦して失敗して、ささやかな喜びや日常のハッピーを探して。

きみが、私が、ここにいるということ。それが失われなければ。

楕円球　この胸に抱いて

ここまで、オレら強かったんだっけ。

鎌倉西高との試合がノーサイドを迎えた時、後半の途中で郷内くんに出番を譲った椎名くんがつぶやいた。

会場は龍城ケ丘高校グラウンド。すっかりお馴染みの他校のグラウンドだけれど、ベスト十六をかけた大切な一戦だった。

試合開始早々のなごみ大爆発。地道なフォワードの密集の押し込みで円城寺くんが二本目。澤田くんの機敏なキックを追って風間くん。相手オフサイドからの的確な足立くんのタッチキックとラインアウトモールで大前くん。前半終了間際にはラックサイドの隙を突いて佐伯くんがもぐり込んで五本目のトライ。今福くんのコンバージョンキックも冴えて35対0でハーフタイムになった。

そこで、足立くんが基に耳打ちする。シンちゃんにスタン、やらせていいですか。

椎名くんが引いて郷内くんへ。大前くんが滋田くんに交替。風間くんから柏倉くんへ。

一年生三人の起用は、リードして相手をナメたわけじゃない。スタンドオフと両センターを変えてゲーム運びのリズムを変え、フォワードでの突進役で新たなインパクトを加え、違ったタイプのフィニッシャーでフレッシュさを出そう。そう考えたのは足立くんだった。

「オレら、いっつも、前半が良くても後半に失速するじゃないですか。それ、変えたいんですよ。一年生も頑張ってますから、公式戦に出してやりたいし」

後半最初に三人、さらに二人を投入して、ゲーム全体をコントロールしたい。このビジョンは、足立くんの胸の内と、相談を受けた佑子、それから基の頭の中だけに存在した。

後半キックオフからしばらくは、緊張のせいか澤田くんは少しぎくしゃくした。でも、フォワードの粘り強い前進で相手陣での展開が始まり、インサイドセンターに移った足立くんの飛ばしパスを受けた柏倉くんが疾走する。多分、なぜそっちにステップを切るのか、本人も分かっていない。相手バックスリーを思い切り振り回してトライ。

次いで、キックオフボールをキャッチした滋田くんは、またもや野獣めいた咆哮で縦に突進する。

「ここにも、だいぶちっちゃいけど、ビーストいたな」

「あっははぁ、トモっちビースト！」

大前くん、椎名くん、リラックスにはまだ早いよ。

ようやく相手が対応できた、そのラックからの展開は、美しかった。全ては澤田くんのラインコントロールによるものだ。もちろん、音など鳴っているわけもないのだけれど、軽快なリズムが聞こえてくるようだ。

佑子はよく、足立くんのゲームコントロールを見ながら、大編成の楽団をタクト一つで共鳴させるイメージを持っていたけれど、澤田くんのそれは、軽やかなバンドサウンドを堅実なリズムで支えるサイドギター。突っ走る前田くんのリードギターを抑え、一方でフォワードをあおる。きっとそのフォワードの真ん中で、石宮くんも岩佐くんもそのリズムを聞いていたはずだ。この二人のサポートプレーが、冴えわたる。いつも的確な場所に二人の姿があるし、さらにはそのサポートメンバーも。

フォワードの縦、バックスの横。フィニッシュは保谷くんのダイビング。

「わあっ！　ナーイストラァイッ！」

感極まって叫んでいるだけじゃない。海老沼さんだって給水ボトルを持って走る。

「テラっち、交替だ。りょーさんにやらせてみよう」

事前に言ってあったわけではないが、一年生にはフロントファイブ候補が三人。入るのは宮島くんか川之江くんか妹尾くんか、おそらく基にも決めごとはなかった。でも、その瞬間のインスピレーションに従ったまでだろう。

「あと、ジョータロー、フルバックは磯部にやらせたい。いいかな」

「でも、キッカーはどうします？」

「大丈夫よ。大丈夫。シゲルくんは、やれる」

口を挟むべき場面ではない、と、佑子も承知の上だ。でも、磯部くんが毎日、プレースキックを蹴り込んでいることを知っているのは、多分佑子だけだ。

サインプレーからの郷内くんの大きなゲイン。頑として押されない川之江くんのスクラム。リズムがテンポアップされて、後半も終わりが近づく中で郷内くんが二トライをあげた。そのうち一本は右五メートルライン付近からの難しい角度だったけれど、磯部くんは慎重に、的確にゴールを決めた。

相手スタンドオフが蹴るキックオフは、大磯東サイドから見ると右サイドの浅め。毎回フォワードで競ってくるためのキックだったけれど、最後の一本は、と思ったのか、ノーサイドまであとわずかという時間のキックオフは、急に角度を変えて左サイドの深め。

前田くんが、にやりと笑ったのが分かった。

柏倉くんとはまったく異質の、てらいのない前進。なのに、その加速は相手ディフェンスの想定を超える。それでも二度、角度は変えた。そして自陣深くからの反撃をたった一人でフィニッシュ。

ここまで、オレら強かったんだっけ。椎名くんのつぶやきは、去年の大磯東を知っていればこそだろうが、非常に完成度の高いゲームができた。純粋に、それが嬉しい。

十本のトライ。70点の大勝。

「いいティームに仕上げましたな」

佑子の傍に、花田先生が来てくれた。

「正直言って、人数不足で、先生も若いお嬢さんだし、たった一年でここまで成長するとは。

いやはや、素晴らしい」

花田先生はいつだって、真正面からものを言う先生だ。その先生から、率直なほめ言葉をもらえた。ありがとうございます、という言葉を唇に乗せようとしたとたん、視界がにじんだ。自分がしてきたことよりも、とてもたくさんの人に支えられてきたということが、実感として胸の奥に押し寄せてきた。それは、重すぎる喜び。

でも、感傷的になるのはまだ早い。一週間後、秋葉台グラウンドで山名先生率いる横須賀東高校との対戦が待っている。基だって。

なんだって山本先輩と話しながら爆笑してるんだろう。

◆

「ユーコ先生、このまま学校に帰って練習していいですか?」

宮島くんと妹尾くんが、肩を並べて佑子の前にいる。二人だけ、今日のゲームピッチに立てなかった。そのことが悔しい、という表情ではない。

自分に何かが足りなかったということじゃなく、このティームの一員であることが嬉しくて誇らしくて、でも、この場では自らの力を振り絞るチャンスがなかったから。

「いいよ。私も学校に帰るし、みんな、荷物分担して学校に帰るもんね」

二人は、靴だけ履き替えて、誰よりも多くの荷物を抱えて学校に向かう。徒歩でのその十数分を惜しむように。

「あいつら、どうせスクラム練だよね。付き合うか、なぁ」

西崎くんが榎くんの脇腹をつつく。

「来週はもっと重いスクラムだしね。やっとこうぜ、えんちゃん」

円城寺くんは、円満な笑顔を浮かべている。それはいつものことなのだけれど、目尻から頬のラインに緊張感が宿ったままでもある。

防球ネットに向かって何本ものキックを蹴る磯部くんとか、砂浜でダッシュを重ねる前田くんとか、佑子のイメージには、夕方までの彼らの姿が浮かぶ。最初の頃、あんなに頑なに傍観者のふりをし続けた岩佐くんだって、倉庫からタックルダミーを引っ張り出すだろう。

「生徒たち、学校に帰るって言うから、私付き合うね」

基にはそう声をかけた。山本先輩との話は、少し緊張感を持ち始めたようだ。それはそのはずで、次の次は龍城ケ丘が湘南大藤沢への挑戦権をかけての望洋高との試合。

「オレは、龍城の試合を見てから行くよ」

その表情は、さっきのだらしない笑顔が洗い流されていきなり引き締まっている。

「あー！　間に合わなかったァ」

さわやかさを感じもする海風の中に、大汗をかいた緒方さんの顔。

「和泉先生、試合、どうでした？」

「おかげさまで、無事勝てました」

「じゃあ、一応間に合ったのかな。すみません。ちゃんとゴーサインもらってなかったんですけど、横断幕、作っちゃいました」

え、基がお金を出すって言ってはいたけれど、それは個人的な話だし誰にも言っていないし。もちろん、緒方だって発注を受けての仕事じゃないだろう。

「緒方さん、私、まだ頼んでませんけど」

「だから、勝手に作っちゃたんですよ。普通は外注に出すんですけどね、デザインだけは自分のパソコン上で。あ、心配しないでくださいね。娘の夜泣きで眠れない夜に時間外でやりましたんで」

いや、そういう問題じゃなくて。

緒方はダッシュで駐車場から大きな包みを抱えてくる。

「分かりました。大磯東ラグビー部として、発注したことにします。だから、今ここで広げないでください。生徒たちは今、学校に向かってますから、自分たちのグラウンドで彼らに見せてください」

それにしても、緒方さんって、結構先走っちゃうヒトだったんですね。

緒方の営業車に便乗して、大急ぎで学校に向かった。

制服に着替えて帰途につこうとしているメンバーも、練習着に着替えてスパイクの紐を締め直しているメンバーも、ジョギングシューズに履き替えて浜に向かおうとしているメンバーも。

マネージャーの四人は水回りの備品を洗ったりメディカルバッグの整理をしたり。

そんな彼らの前で、緒方は一方の端を末広さんに持たせて、横断幕を広げて見せた。

横が二メートル、縦が一メートル。白地にネイビーで描かれた雄々しいウマの疾走のシルエット。たなびくタテガミの質感は、新田さんの原画の質感を失っていない。押し寄せる波と、全体を取り巻くラグビーボールの楕円と、ＯＩＳＯ・Ｅのロゴも。

そして、下の方の余白に、原案にはなかった言葉が赤い文字で記されていた。

『楕円球　この胸に抱いて』

◆

挑むのだ、あの日のように。

山名先生に見守られながら、葉山高フィフティーンは、当時のチャンピオンティーム、全国を制した西湘工業高校に挑んだ。佑子も、ティームメートも、本音では思っていたのだ、勝てるわけない、と。でも、誰もそんなことはおくびにも出さなかった。本気で勝とうと、必死に思おうとしていた。

誰もが完敗すると思っていた試合で、葉山高は西湘工をノートライに封じた。唯一、不意打ちのようなドロップゴールで負けたのだけれど、そのノーサイド後、仲間たちは涙のひとかけらも見せずに胸を張った。それは、佑子も同じだった。成すべきことの到達点を、みんなで知った瞬間だったと思う。世界って、こんなに広かったんだ。

基はその試合会場からの帰り道、ぼそりとつぶやいた。

挑むことに限界はない。

所詮高校生の地方大会じゃないか、と言えるのかもしれない。でも、行きつけるところまで行きたい。そう思って力を尽くすことに、足立くんたちは挑むのだ。相手は山名先生の横須賀東高校だ。

プライド、と山名先生は言った。それが何なのか、本当は未だに分からない。でも、佑子は足立くんにその言葉を贈った。彼らは彼らなりに、来週のグラウンドでそれを示してくれるはずなのだ。無条件に、それを信じることができる。一緒に立ち続けてきたグラウンドや砂浜の足跡が、それを保証してくれる。

勝つとか負けるとか、その結果とは別のものが彼らにも、佑子自身にもやって来る。おそらくは、ずっと記憶される何かとして。

それを言葉にすることは、とても単純にも思えるけれど、ひどく難しい。

◆

部員たちは、しばらく無言でこの横断幕を見つめていた。誰の顔にも、明白な表情は浮かばない。かといって、呆然としているわけでもなさそうだ。

その空気は緒方さんを不安にさせてしまったようで、彼の目線だけが動いて、佑子の方を向く。小さな声で、ダメですかね、と。

彼の内側にある、不遇な高校時代の、楕円球に救われた頃への思いがあることを、佑子は知っているけれど。

だから、佑子は応える。いいです、すごく。

いきなり、横断幕の正面で仁王立ちしていた足立くんが、低く言葉をもらした。

「こんなに、こんなに」

その足立くんの表情の光を、何と表したらいいんだろう。

「こんなにオレらのことを応援してくれる、そんなヒトとコトバがあるんだぜ。基さんとか、山本先生とか花田先生とか、菅平の宿のおばあちゃんとかアカデミーのコーチの先生とか。緒方さんとか」

足立くんは、静かに顔を伏せる。

分かる。

きっと自分の涙腺の緩みを後輩に見せたくないんだ。だから、声を震わせるわけにはいかない。彼の胸の内にある、たった一人で砂浜を踏みしめた日々。そこに立ち会った佑子だって、その孤独まで共有できたわけではなかった。

だから、足立くんの次の言葉をみんなが待った。

真っ赤な顔になった今福くんと、蒼白な顔で空を見上げた風間くん。

保谷くんは、引き締めた頬で、でも充血した眼差しで。前田くんは常になく、うっすらと目を閉じている。

石宮くんはちょっとむきになって肩をそびやかして。その横で、澤田くんは両手を握りしめて。西崎くんは深く深く呼吸を繰り返す。いつも素直な海老沼さんはかえって、全ての思いを呑みこんでしまったように。

「ミッキー、ヨーイチ、なごみ、シンちゃん、ケータ、えびちゃん、ジュン、テラ、サクラコ、えんちゃん、ジョータロー、タツロー、ゆうき、シーナ、ワタル、ワッサ、トモっち、ごーちゃん、ダイ、あかりちゃん、まんちゃん、りょーさん、ありすちゃん、シゲル、かっしー」

足立くんは全員の顔を、特別な意志を持って見たのだ。

「そして、オレ！」

視線が、佑子の方へ。もう佑子は、涙がこぼれないようにするだけで必死だった。

「ユーコ先生がいて」

その視線は、どこまでを見てるの？

「これがオレらのティームだ。な！」

【著者紹介】

さとう つかさ

中央大学文学部卒。東洋史学専攻。メインは中央ユーラシア史。

神奈川県立高校で世界史を担当するとともにラグビー部の指導に従事し、県高校体育連盟ラグビー専門部に所属。

他に、落語にも関心を持ち、横浜の「ごらくハマ寄席」にエッセイを寄稿するなどの活動も行っている。

趣味は料理、鉄道など。音楽を聴くことと読書は呼吸と同じレベル（やってないと死んじゃうくらい）。

楕円球　この胸に抱いて
大磯東高校ラグビー部誌

2021年6月16日　第1刷発行

著　者　さとう つかさ
発行人　久保田貴幸

発行元　株式会社 幻冬舎メディアコンサルティング
〒151-0051　東京都渋谷区千駄ヶ谷4-9-7
電話　03-5411-6440（編集）

発売元　株式会社 幻冬舎
〒151-0051　東京都渋谷区千駄ヶ谷4-9-7
電話　03-5411-6222（営業）

印刷・製本　中央精版印刷株式会社
装　丁　山本日和

検印廃止

Printed in Japan
ISBN 978-4-344-93450-4 C0093
幻冬舎メディアコンサルティングHP
http://www.gentosha-mc.com/